特捜指令　動機不明

（「特捜指令荒鷲 動機不明」改題）

南 英男

祥伝社文庫

目次

プロローグ

敵を作りすぎたか。

半月ほど前から悪い予感を覚えるようになった。雑念に邪魔をされて、集中力が持続しない。

男は、キーボードから両手を浮かせた。

打ちかけの原稿の文章のリズムが乱れている。記述にも矛盾《むじゅん》があった。

男は溜息《ためいき》をつき、椅子《いす》の背凭《せもた》れに上体を預けた。

世田谷《せたがや》区成城《せいじょう》にある自宅の書斎だ。十二月上旬の夜だ。十一時を回っている。静かだった。

階下《した》の物音も這《は》い上がってこない。妻と四歳の息子は、いつもよりも早く就寝したようだ。母子は一階の奥にある和室で寝ていた。

男は四十五歳の社会評論家だ。テレビの人気コメンテーターとしても活躍中だった。男はマスクが甘く、ダンディーでもあった。女性のファンが多い。男は、ある女子大の客員教授を務《つと》めている。

大学の給料はさほど多くなかった。テレビの出演料も高いとは言えない。しかし、男の年収はここ数年四、五千万円を保《たも》っている。

月に七回は講演をこなし、執筆活動も旺盛だったからだ。著書は増刷を重ね、かなりの印税収入があった。

しかし、運に見放されはじめているのかもしれない。男はある尊属殺人の加害者少年を強く責めるのではなく、両親の教育の仕方に問題があったと半《なか》ば極《き》めつけた。そのことで、被害者の身内の恨みを買ってしまったのだ。

悩みは、それだけではなかった。

男は自著の中でアメリカの社会学者の本から数ページにわたって無断引用していた事実をフリーターの青年に看破《かんぱ》され、口止め料を払わされた。相手から強請《ゆす》られつづけるかもしれないという強迫観念が萎《しぼ》まない。

男は、同じ女子大で教えている美人講師と不倫関係にあった。妊娠した相手は男に妻との離婚を強く迫《せま》り、中絶手術を拒《こば》んでいる。

身から出た錆《さび》だが、男はほとほと困った。年下の浮気相手の肉体は瑞々《みずみず》しく、新鮮そのものだった。別れるのは惜《お》しい。

といって、男には離婚する気はなかった。ひとり息子には深い愛情を感じている。妻にも未練はある。若い女に本気でのめり込んでいるわけではなかった。

妻は夫の浮気を感じ取ったようで、その腹いせに不倫に走った気配がうかがえる。自分に妻の背信を咎《とが》める資格はないと思いながらも、気持ちはささくれ立ってしまう。

それでも、男は家庭を壊したくなかった。そのうちに仮面夫婦になってしまうと考えると、憂《うれ》いは深くなる。だが、やはり現在の恵まれた生活を維持したい気持ちが強い。

しかし、身勝手な望みは何かで潰《つぶ》されるような気がしてならなかった。これまでに多くの人々を傷つけてきたという自覚はある。

だが、テレビのワイドショーで平凡なコメントをしたら、ゲスト出演のオファーは絶えてしまうだろう。歯に衣《きぬ》を着せぬ辛口の論評が受けているからこそ、講演や原稿執筆の依頼があるわけだ。

人気と名声を得るため、ことさら過激な意見を述べてしまったことを反省はしているが、言《げん》を翻《ひるがえ》すことはできない。そんなことをしたら、たちまち視聴者や読者に見限られることになるだろう。

何があっても、〝路線〟を変更するわけにはいかない。需要があるうちに、あらゆる権力や権威に嚙《か》みつきつづける。それが生活の知恵というものだろう。

総合月刊誌から依頼されたテーマは〝人間の品位〟だったが、エセ文化人である自分にそのようなテーマ・エッセイが書けるわけない。しかし、奇を衒《てら》ったことを書かなければ、編集者や読者の期待を裏切ることになる。それだけは避けたかった。

男はラークに火を点《つ》けた。紫煙《しえん》をくゆらせてみても、気の利《き》いた考えは浮かばない。禍々《まがまが》しい予感が断続的に脳裏を過《よぎ》る。漠とした不安から逃《のが》れられなくて、自死した有名作家がいた。なんとなく気持ちは理解できる。こんな心理状態で、この先もずっと虚像を演じつづけなければならないのか。暗然としてくる。

いっそ死んでしまおうか。

ほんの一瞬だが、男は死の誘惑に駆られた。人間は、いつか誰も死ぬ。何も死に急ぐことはないだろう。

男は気を取り直して、喫《す》いさしの煙草《たばこ》の火を灰皿の中で揉《も》み消した。漂う煙を払って、ふたたびパソコンに向かった。

そのとき、階下で妻の悲鳴がした気がする。少し間を置いて、子供の泣き声も聞こえたように思えた。

しかし、ほどなく階下の物音はしなくなった。書斎は防音室になっている。気のせいだったのか。

男は指を踊らせはじめた。

その直後、階段を駆け上がってくる足音が響いてきた。妻の足音ではなかった。

何か起こったにちがいない。

男は直感し、アーム付きの回転椅子《いす》から立ち上がった。ほとんど同時に、防音ドアが荒々しく開けられた。書斎に躍《おど》り込んできた男は、パーカのフードを被《かぶ》っていた。刃物を手にしている。

「おい、何者なんだっ」

男は誰何《すいか》したが、全身が竦《すく》んで動けなかった。侵入者が踏み込んできた。

刀身が白くきらめいた。男は顔面を斬《き》られ、すぐに倒れた。

第一章　謎の一家惨殺事件

1

ストーカーが立ち止まった。

尾行に気づかれたのか。

荒巻勇也《あらまきゆうや》は一瞬、緊張した。さりげなく近くの洋品店に歩み寄って、陳列台のバーゲン品を品定《しなさだ》めする振りをした。

JR阿佐ヶ谷《あさがや》駅のそばの商店街だ。

北口だった。三月上旬の午後七時過ぎである。春とは名ばかりで、まだ肌寒い。

脇道から銀色の自転車が走り出てきた。

サドルに跨《また》がっているのは、十一、二歳の少年だった。何か急いでいる様子だ。

自転車はストーカーの前を器用に回り込み、駅方向に走り去った。追尾中《ついびちゅう》の男が、ふたたび歩きだした。

ストーカーの三十メートルほど先を荒巻の妹の綾香《あやか》が歩行中だ。キャメルカラーのウールコートを着ている。綾香は二十四歳で、東日本女子大学の大学院生である。修士コースで、児童心理学を学んでいた。

三十三歳の荒巻は、警察庁採用の有資格者《キャリア》である。職階は警視正だ。荒巻は去年の十一月まで、青梅《おうめ》署の副署長を務《つと》めていた。

現在は、警視庁刑事総務課に籍を置いている。だが、登庁はしていない。いわば、幽霊課員だ。

荒巻の素顔は、超法規捜査を許された特捜刑事だった。幼稚園時代からの喧嘩《けんか》友達のキャリア刑事である鷲津拓《わしづたく》とコンビを組み、邪悪《じゃあく》な犯罪者たちを追い込んでいる。難事件の越権《えっけん》捜査も行なっていた。

特捜指令を〝荒鷲《あらわし》〟コンビに下《くだ》しているのは、田代輝行《たしろてるゆき》警視総監である。

五十六歳の田代も国家公務員上級試験をパスした有資格者《キャリア》だが、出世欲は強くなかった。その精神は青年のように若々しく、犯罪の撲滅《ぼくめつ》に腐心《ふしん》していた。

しかし、法律は万能ではない。残念なことだが、限界がある。

法の網《あみ》を巧《たく》みに潜《くぐ》り抜けている狡猾《こうかつ》な政治家、財界人、エリート官僚、暗黒社会の首領《ドン》たちはいっこうに減っていない。このまま警察や検察が権力者たちの圧力に屈《くっ》しつづけていたら、やがて法治国家とは言えなくなってしまうだろう。

そのことを憂慮《ゆうりょ》した田代が自分と同じ考えを持つ警察庁の漁慎一《すなどりしんいち》長官とポケットマネーを出し合って、非合法捜査機関を密《ひそ》かに創設したのである。

といっても、組織名はない。法務大臣や国家公安委員会の承認を受けていない闇《やみ》の特捜班だ。メンバーは荒巻と鷲津の二人しかいない。

捜査絡《がら》みの違法行為は、警視総監と警察庁長官がすべて揉《も》み消してくれている。荒巻たち二人の超法規捜査や越権行為のことは、すでに道府県警の本部長に根回し済みだ。そんなわけで、〝荒鷲〟コンビの二人が逮捕されることはない。

特捜任務は、常に死と背中合わせだ。荒巻たちは正規の俸給のほかに、一件五百万円の危険手当を貰《もら》っている。捜査費は遣《つか》い放題だ。

六本木《ろっぽんぎ》のアジトの古い洋館の地下室には、外国製の拳銃、自動小銃、短機関銃《サブマシンガン》、ロケット・ランチャー、手榴弾《しゅりゅうだん》、小型対人地雷、非致死性手榴弾《スタングレネード》などが保管されている。必要ならば、田代や漁のシンパの防衛省幹部がこっそり戦闘型ヘリコプター、戦車、小型ミサイルを回してくれる手筈《てはず》になっていた。

荒巻は歩度《ほど》を速《はや》め、ストーカーとの距離を縮めはじめた。

商店街が途切《とぎ》れたら、その先は住宅街だ。人通りの疎《まば》らな夜道で、妹がストーカーに抱きつかれるかもしれない。そんな不快な思いは味わわせたくなかった。

綾香が不審な二十八、九歳の男に毎夕のように付け回されていることを知ったのは、正月休みが終わったころだった。

最初のうちは、ストーカーもただ従《つ》いてくるだけだったらしい。しかし、二月に入ると、男の行動は大胆になった。

綾香の立ち寄る書店やCDショップの店内に足を踏み入れ、粘《ねば》っこい視線を向けてくるようになったそうだ。つい一週間前には同じ地下鉄電車内で並んで立ち、堂々と妹の髪の匂いを嗅《か》いだらしい。明らかに異常行為だ。

その話を聞いたとき、荒巻は綾香を悩ませているストーカーを半殺しにしてやりたい衝動に駆られた。二人きりの兄妹《きょうだい》である。しかも、妹とは九つ違いだ。

荒巻は、綾香を保護者のような気持ちで見守ってきた。

実際、妹はかわいい。綾香は、そうした濃密《のうみつ》な兄妹愛をうっとうしく感じているようだった。それでも、荒巻は接し方を変える気はなかった。

ほどなく綾香が、商店街の端にある洋菓子店に入った。味のいいことで評判のケーキショップだった。

荒巻の生家は、洋菓子店から百数十メートル先にある、閑静な住宅街の一角にあった。綾香は両親と一緒に暮らしていた。

荒巻自身は特捜刑事になったときに実家を出て、いまは北新宿《きたしんじゅく》のマンスリーマンションに住んでいる。家具付きの部屋だ。

危険な任務に携《たずさ》わっていると、家族が命を狙《ねら》われる可能性がないとは言い切れない。人質に取られることも考えられる。家族を巻き添えにはしたくなかった。それだから、荒巻は父母や妹と住まいを別にしたわけだ。

父の徹《とおる》は六十七歳だった。経済産業省の事務次官だったが、それほどの堅物ではない。趣味は多く、話題も豊富だ。母の美鈴《みすず》は六十四歳で、専業主婦である。

ストーカーが白っぽい綿《めん》コートの襟《えり》を立て、洋菓子店に入った。

何か意を決したような顔つきだった。妹を口説《くど》く気になったのか。

──そうはさせない。それにしても、妙に陰気な奴だな。こっちまで気分が沈みそうだ。

荒巻は胸底《きようてい》で呟《つぶや》き、ケーキショップに足を踏み入れた。

ちょうどそのとき、ストーカーが綾香に話しかけた。

「スイーツ、お好きなんですね？」

「えっ⁉　母が甘党なんです」

妹が硬い声で答えた。なぜ、相手を黙殺しなかったのか。取り合ったら、相手に隙《すき》を与えることになるではないか。荒巻は心の中で、綾香を窘《たしな》めた。

「母親を大事にする女性は、ぼく、大好きです」

「………」

「新年早々に新宿駅の構内であなたを初めて見たとき、何か運命的なものを感じたな」

「運命的なもの？」

「そうです。ぼくは、あなたと結婚することになると思ったんですよ」

「そ、そんな！」

「荒巻綾香さん、あなたはぼくの理想にぴったりの女性です。知的な美人だし、気立てもよさそうだ」

「わたしの名前まで知ってるんですか⁉」

「ええ。大学院生であること、それから特定な彼氏はいないことも調査済みです」

ストーカーが自慢げに告げた。綾香が露骨に顔をしかめる。そろそろ口を挟《はさ》むべきか。

「あなたはね、ぼくの妻になるために生まれてきたんですよ。申し遅れましたが、友成《ともなり》諭《さとし》といいます。満二十九歳で、職業は横浜《よこはま》にある家庭裁判所の判事です」

「悪いけど、ナンパする男には興味ないの」

「これはナンパなんかじゃない。ぼくは、恋のインスピレーションを強く感じたんです。モンブランを三つ追加してください。もちろん、ケーキ代はぼくが払いますよ。お母さんを交《まじ》えて、三人でモンブランを食べましょう」

「あなた、頭がおかしいんじゃない？」

「ぼくは真剣な気持ちで、熱い想《おも》いを打ち明けたんだっ」

友成と名乗った男が急に声を尖《とが》らせ、懐《ふところ》から黒革の札入れを取り出す。荒巻は先に女店員に一万円札を差し出した。

「これで、支払いをお願いします」

「おたく、人の恋路の邪魔をする気なのかっ」

友成が振り返って、目を攣《つ》り上げた。

「そっちが本物の裁判官なら、ストーカー行為が都の迷惑防止条例に引っかかることはわかってるよな？　妹は怯《おび》えてるんだよ」

「おたく、荒巻綾香さんの兄貴なの⁉」

「そうだ」

「言われてみると、目のあたりがちょっと似てますね。これは、どうも失礼しました。そのうち義兄になる方に無礼なことを言ってしまって、ごめんなさい」

「先に家に帰ってろ。釣り銭は綾香にやる」

荒巻は妹に言って、友成を洋菓子店から引っ張り出した。

「背が高くて、整った顔立ちしてますね。頭も切れそうだ」

友成がおもねる口調で言った。

「パトカーに乗りたくなかったら、もう妹につきまとうな」

「それは無理です。ぼくは、あなたの妹さんにぞっこんなんですから」

「それじゃ、パトカーを呼ぼう。おれは刑事なんだよ」

荒巻は警察手帳を呈示《ていじ》した。

「もしかしたら、有資格者《キャリア》ですか？」

「一応な」

「義兄になる方が警察官僚なら、鼻高々だな」

「まだそんなことを言ってるのかっ」

「どこかで、コーヒーでもいかがです？　あっ、そうだ！」

友成が名刺を差し出した。職業と氏名に偽りはないようだ。しかし、まだ相手を信用するわけにはいかない。

「身分を詐称《さしょう》してたら、パトカーを呼ぶぞ」

荒巻は警察手帳を上着の内ポケットに戻し、手早く携帯電話を取り出した。

そのとき、洋菓子店から白いケーキの箱を持った妹が出てきた。荒巻は目顔《めがお》で、後《あと》は自分に任せろと告げた。

綾香が無言でうなずき、急ぎ足で家路をたどりはじめる。友成は綾香に声をかけそうになったが、言葉は発しなかった。

荒巻は、友成の勤務先に電話をかけた。

受話器を取ったのは、若い男だった。荒巻は自分が警察官であることを明かしてから、相手に問いかけた。

「そちらに友成諭という名の判事はいらっしゃいます?」

「はい、おります。しかし、去年の暮れから休職中なんですよ」

「どこか体調が悪いんですね?」

「心が不安定なようなんです、詳しいことはわかりませんが」

相手が言葉を濁《にご》した。

「そうだったのか」

「友成判事が何か事件を起こしたんでしょうか？」

「いいえ、そういうわけじゃないんですよ。ただの問い合わせです。ありがとうございました」

荒巻は終了キーを押し、携帯電話を折り畳んだ。

「ぼくが正真正銘の裁判官だとわかってもらえました？」

「ああ。そっちの名刺の裏でいいから、今後はおれの妹を付け回したりしないという内容の誓約文を書いてくれ」

「ぼく、あなたの妹さんに心を奪われたんです。結婚を前提におつき合いさせてください。お願いします」

「おれの妹は迷惑がってるんだ。女にうつつを抜かす前に、まずは心を安定させろよ」

「職場の誰かが余計なことを言ったんだな。上司に強く言われたんで、大学病院の心療内科に行きましたけど、ぼくの心は正常でした」

「そのことは、どっちでもいいんだ。早く誓約文を書いてくれ。断ったら、パトカーに乗せることになるぞ」

「わかりました。誓約文を書きましょう」

友成が荒巻の手から自分の名刺を奪い、裏通りに歩《ほ》を進めた。

荒巻は友成の後に従った。

友成が民家の石塀《いしべい》に裏返した名刺を押し当て、ボールペンを走らせはじめた。彼の頭上には、街灯があった。新聞の記事を読めそうなほど明るい。

荒巻は、手渡された名刺の裏面に記《しる》された文字を読んだ。二度と荒巻綾香にはまとわりつかないことを誓うという一文が認《したた》められ、友成の署名もあった。

「拇印《ぼいん》も捺《お》してほしいとこだが、ま、いいさ」

「あなたの義理の弟になりたかったのに」

友成が肩を落とし、表通りに足を向けた。

誓約書まで取ったのだから、もう友成は妹につきまとわないだろう。

荒巻は、友成の名刺をコートのポケットに仕舞《しま》った。数秒後、懐《ふところ》で携帯電話が鳴った。

発信者は、新大阪《しんおおさか》テレビ報道部記者の三上由里菜《みかみゆりな》だった。二十七歳の美女だ。

前回の特捜指令で動いているときに知り合った記者である。由里菜は、思ったことをずばずばと言うタイプだ。典型的な〝じゃじゃ馬〟だが、何かの拍子に女っぽい側面を見せたりする。その意外性が新鮮だった。

荒巻は、由里菜に好感を持っていた。だが、目立つ美貌《びぼう》に何か引っかかるものを感じていることも事実だ。

美しい女は男にちやほやされる。人間は他人に甘やかされると、ついわがままになってしまう。度を過ぎれば、高慢になる。その結果、他者に対する心配りが疎《おろそ》かになりやすい。

荒巻は高校生のころから、なんとなく美人を敬遠してきた。

性格に難点があるという思い込みが消えなかったせいだ。外見よりも中身を重視したいという気持ちが強まって、世間の尺度《しゃくど》で言えば、不細工な女性にばかり目がいってしまう。

事実、容姿に恵まれなかった女はさまざまな劣等感を抱えている。その分、万事に控え目だ。それが好ましい。

そうした女性は、他人の痛みや苦しみを敏感に察する傾向がある。そんなことで、〝ハート美人〟が多いのではないか。

人柄が魅力に富んでいると、細い目や団子《だんご》っ鼻《ぱな》も気にならなくなる。それどころか、かえって愛くるしく思えたりするものだ。

女擦《ず》れしている相棒の鷲津は、そんなふうに思っている荒巻を変人扱いする。しかし、当の荒巻はいっこうに意に介していない。いまも、〝美女は性格ブス〟という思い込みは心の底に横たわっている。

「お久しぶり！　去年は、新幹線の新駅設置に絡《から》む汚職事件をスクープさせてもらってありがとう」

「おれも鷲津《ワシ》も、別に特種《とくだね》を提供したわけじゃない。きみが自分の力で、陰謀のからくりを見抜いたんじゃないか」

「謙虚《けんきょ》なのね。また好感度がアップしそうよ」

「お礼を言わなきゃならないのは、おれたち二人のほうさ」

「あら、どうして？」

「きみの叔父に当たる京都タイムズ社会部の宝塚達史《むろづかたつふみ》部長の長期取材があったから、元監察官殺しや新駅予定地の不正用地買収の黒幕を暴《あば》けたわけだからね」

荒巻は言った。

由里菜の母方の叔父は大がかりな汚職の証拠を握ったため、無灯火の車に轢《ひ》き殺されそうになった。一命は取り留《と》めたものの、いまも昏睡《こんすい》状態だった。入院しているのは、京都府立医大病院だ。

「わたしね、いつか叔父の意識が戻るような気がしてるの」

「そうなるといいね」

「ええ。それはそうと、あなたの相棒のちょい不良《ワル》もお元気？」

由里菜が訊《き》いた。

「あいつは相変わらずだよ。鷲津《ワシ》は優男《やさおとこ》風だけど、タフそのものなんだ。だから、殺されたって死ぬような奴じゃない」

「そんな感じね。それにしても、あなたたちは珍妙なコンビだわ。あなたは硬派の正義漢ってイメージだけど、鷲津さんは正反対のタイプでしょ？」

「ま、そうだね。あいつは暴力団係《マルボウ》刑事よりも荒っぽいことをやるし、法律や道徳も平気で無視する」

「どこかアナーキーよね、彼は」

「ああ。しかし、あいつなりに正義感は失ってないんだ。抜け目のない悪党はとことんやっつけるが、弱い者いじめは絶対にしないんだよ。根は優しい奴なんだ」

「あなたたちの方法論は違ってても、同じ方向を見てるんじゃないかしら？」

「そうなのかもしれない。鷲津《ワシ》とは京陽《けいよう》の幼稚舎から大学まで同級で、法学部のゼミも一緒だったんだ。幼稚舎の入園式のときに取っ組み合いの喧嘩をしてから、それこそ数え切れないほど殴り合ってきた。それなのに、なぜだか腐れ縁がつづいてる」

「あなたたちは、根っこの部分で通じ合うものがあるのよ。だから、揃《そろ》ってキャリアの刑事になったんじゃないのかな。でも、現場捜査が好きだという二人は警察官僚《キャリア》の落ちこぼれね。でも、わたしはあなたたちのこと、嫌いじゃないわ」

「それはどうも……」

「もう少し気の利いたことを言えないの？　不器用ね。それはそうと、近いうちに取材で上京する予定なの。その日は鎌倉《かまくら》の実家に泊まるつもりだから、食事でもしない？」

「いいね。相棒に言っとくよ」

「わたし、あなたと二人でゆっくりお喋《しゃべ》りしてみたいの。迷惑かしら？」

「いや、そんなことはないさ」

「それなら、上京する日がはっきりしたら、また連絡するわ」

「わかった」

荒巻は先に電話を切った。

由里菜はぶっきらぼうな喋り方をするが、決して神経に障《さわ》るような言葉は遣《つか》わなかった。その反対に、唐突に男心をくすぐるようなことを口にする。

美人報道記者と二人きりで食事をするシーンを思い描くと、荒巻は心がときめきはじめた。

綺麗《きれい》な女は心が貧しいという先入観は、単なる偏見《へんけん》なのか。それとも、由里菜の手練手管《てれんてくだ》にたやすく引っかかってしまったのだろうか。

いずれ、答えは出るだろう。

荒巻は携帯電話を懐に収めた。

その直後、後頭部に鈍《にぶ》い痛みを覚えた。次の瞬間、背後から誰かが組みついてきた。荒巻は振り返った。

腰にしがみついているのは、なんとストーカーの友成だった。その右手には、潰《つぶ》れかけた缶コーヒーが握られている。

「ぼくの名刺を返してくれ。裏の誓約文を職場の上司に読まれたら、働きにくくなるからな」

「誓約文は誰にも見せやしないよ。妹に読ませるだけだ」

「そんな言葉、信じられない。とにかく、名刺を返してほしいんだ。なんだったら、妹さんに迷惑料を払うよ」

「おれから離れろ！」

荒巻は言うなり、跳《は》ね腰で友成を投げ飛ばした。

路上に転がった友成は腰を撲《う》ち、口の中で呻《うめ》いた。すぐに彼は起き上がり、ひしゃげた缶コーヒーを投げつけてきた。

荒巻は上体を傾け、造作なく躱《かわ》した。

不意に友成が身を翻《ひるがえ》した。

もう少し威《おど》しをかけておこう。荒巻は、逃げる友成を追った。

じきに友成は表通りに達した。ほとんど同時に、彼の体が宙《ちゅう》を舞った。走ってきた大型保冷車にまともに撥《は》ねられたのだ。

保冷車がブレーキ音を響かせ、急停止した。

そのすぐ後、友成が路面に叩《たた》きつけられた。それきり身じろぎ一つしない。首が奇妙な形に折れ曲がっている。

もう生きてはいないだろう。

荒巻は溜息《ためいき》をついた。

そのとき、田代警視総監から電話がかかってきた。

「急な話なんだが、今夜十時に六本木の『ミラージュ』に来てくれないか」

「特命指令ですね？」

「そうだ。後で、鷲津君にも召集をかけるよ」

「わかりました。それでは、後《のち》ほどお目にかかりましょう」

荒巻は通話を切り上げ、表通りに向かった。

ひどく後味《あとあじ》が悪かった。

2

裸身を重ねる。

ベッドマットが弾《はず》んだ。ダブルベッドである。

鷲津拓はサラ・ハミルトンの唇をついばみながら、体を繫《つな》いだ。サラが喉《のど》の奥で小さく呻《うめ》く。なまめかしい声だった。

サラは、ボストン出身のアメリカ人である。二十七歳だ。髪はブロンドで、瞳は澄んだブルーだった。女優のように美しい。肢体《したい》も肉感的である。

広尾《ひろお》にあるサラの自宅マンションの寝室だった。

部屋の主は元ファッションモデルで、いまは赤坂《あかさか》の秘密カジノのディーラーだ。鷲津は、その秘密カジノには去年の春ごろから通っていた。当時、彼は赤坂署生活安全課の課長補佐だった。しかし、内偵捜査をしていたわけではない。

鷲津はキャリア刑事でありながら、筋者《すじもの》以上の遊び人だった。もともと酒、女、ギャンブルに目がなく、夜ごと六本木や赤坂で愉《たの》しんでいる。

サラを初めて見たとき、鷲津は彼女に強く惹《ひ》かれた。どこか頽廃《たいはい》的だったが、凜乎《りんこ》とした雰囲気も併《あわ》せ持っていた。

これまで鷲津は多くの女性と関わってきたが、サラのようなタイプと出会ったことはなかった。大いに好奇心を掻《か》き立てられた。

いい女には、必ず男たちが群《むら》がる。サラに特定の彼氏がいることはわかっていた。それでも鷲津は秘密カジノに顔を出すたびに、サラをデートに誘いつづけた。

いつも彼女は何か理由をつけて、デートに応じなかった。それが前夜、思いがけない展開になった。

翌日の休日に歌舞伎《かぶき》を観《み》たいと言い出したのである。鷲津は二つ返事で承諾《しょうだく》し、きょうの午後にサラと歌舞伎座に出かけた。

歌舞伎座を出ると、サラは月島《つきしま》で〝もんじゃ焼き〟を食べてみたいと言った。鷲津はサラの希望を叶《かな》えた後《あと》、銀座のワインバーに誘った。サラが酔ったら、近くのシティホテルに連れ込む気でいた。

ところが、サラはワインを一杯だけ空けると、彼女の自宅マンションでゆったりと飲み直そうと提案した。脈があると判断した鷲津はすぐにワインバーを出て、タクシーを拾った。

ここに着いたのは、午後七時過ぎだった。

二人は居間の長椅子《いす》に並んで腰かけ、スコッチ・ウイスキーの水割りを傾けた。二杯目のグラスを空けると、サラはごく自然に鷲津に身を凭《もた》せかけてきた。それがきっかけで、二人は幾度も唇を吸い合った。

長いくちづけを交わすと、サラは無言でバスルームに消えた。鷲津はサラがシャワーを浴びると、慌《あわ》ただしく体を洗った。

脱いだ衣類を抱えて、寝室に入る。サラは生まれたままの姿でベッドに横たわっていた。仰向《あおむ》けだった。

鷲津は優しく胸を重ねた。サラの肌理《きめ》は粗《あら》かったが、皮膚《ひふ》は抜けるように白い。乳房はたわわに実っていたが、薄紅色の乳首は小振りで愛らしかった。

ウエストのくびれは、驚くほど深い。腰は豊かに張っている。蜂蜜色《はちみついろ》の飾り毛は、絹糸のような手触《てざわ》りだ。

鷲津はサラの柔肌をソフトに愛撫《あいぶ》した。サラは官能をそそられたらしく、前戯で極《きわ》みに達した。四年以上も東京で暮らしているサラは、達者な日本語を操《あやつ》る。それでも、昇《のぼ》りつめたときは母国語で悦《よろこ》びを表した。

鷲津はリズミカルに律動《りつどう》を加えはじめた。

サラがリズムを合わせる。じきに彼女の息は乱れた。甘やかな喘《あえ》ぎは、淫蕩《いんとう》な呻きに変わった。

鷲津は、そそられた。ゴールに向かって疾駆《しっく》する。サラの動きも大胆になった。

二人は、ほぼ同時に沸点《ふってん》に到達した。

サラは唸《うな》りに似た声を洩《も》らし、溶《メルティング》けると叫んだ。鷲津は強く締めつけられた。昂《たか》まりは、ひとしきり搾《しぼ》り上げられた。

二人は余韻《よいん》を汲《く》み取ってから、結合を解《と》いた。

鷲津は仰向けになり、ロングピースをくわえた。

「あなたとこうなったこと、とても嬉《うれ》しく感じてるわ」

サラが滑《なめ》らかな日本語で言った。

「おれもさ。また、近いうちにデートしよう」

「それは、もうできないわ。一度きりにしてほしいの」

「なんでなんだ？」

「わたし、自由には生きられないのよ」

「そっちが働いてる秘密カジノは、共和会《きょうわかい》が仕切ってるんだったな。幹部の誰かの世話になってるのか？」

「答えたくないわ」

「そいつの名を教えてくれ。おれがその男と話をつける」

「そんなことをしたら、きっと鷲津さんは殺されてしまうわ。だから、わたしのことは忘れて」

「確か店を任されてるのは、若頭の権藤修二《ごんどうしゅうじ》だったな。あいつの愛人なのか？」

「……………」

「肯定《こうてい》の沈黙ってやつか。権藤はもう四十五、六のおっさんじゃないか。それに、見てくれも冴《さ》えない男だ。あんな野郎のペットになってることはない。おれが手を切らせてやろう」

「わたし、権藤と別れられない理由《わけ》があるの」

「借金があるのか？」

「ううん、そうじゃないわ」

「オーバーステイの弱みを握られてる？」

「それもあるし、非合法カジノのディーラーをやってるわけだし、それに……」

「読めたよ。そっちは、何か薬物《ドラッグ》漬けにされてるんだな。体のどこにも注射痕はなかったから、錠剤型の麻薬で中毒者《ジャンキー》にされたようだな。タイ製の服《の》む覚醒剤《かくせいざい》〝ヤーバー〟にハマっちまったのか？　それとも、合成麻薬〝エクスタシー〟漬けにされたのか？　どっちなんだ？」

鷲津は上体を起こし、短くなった煙草の火をクリスタルの灰皿の底で揉み消した。

そのとき、ずんぐりとした中年男が音もなく寝室に入ってきた。共和会の権藤だった。仕立てのよさそうな背広を着込んでいる。

「たまには舶来品も悪くないでしょ？」

「サラを使って、このおれを罠《わな》に嵌《は》めたってわけか？」

「ええ、まあね。あんたがうちの店で負けが込んだら、いつ手入《ガ》れ《サ》かけられるかわかんないからな。営業停止になる前に何か手を打っとかないとね。あんたはサラに気があるようだったから、ちょいと細工を弄《ろう》したってわけよ」

「あなたを騙《だま》したくはなかったんだけど、仕方がなかったの」

サラが口を挟《はさ》んだ。後ろめたそうな顔つきだった。

「そっちを恨《うら》んだりしないよ。おれが間抜けだったのさ」

「ううん、わたしがいけないのよ。〝エクスタシー〟が切れると、狂いそうになるんで……」

「いつから〝エクスタシー〟を常用してるんだ？」

「もう丸三年になるわ。おそらく、もう薬物《ドラッグ》なしでは生きていけないでしょうね。だから、彼に言われるままに鷲津さんを色仕掛けで陥《おとしい》れてしまったの。赦《ゆる》して」

「もういいって」

鷲津はいったん言葉を切って、権藤に顔を向けた。

「おれにどうしろって言うんだ？」

「共和会は構成員千数百人の組織だが、それでも遣り繰《シノギ》りが大変なんだよ。家宅捜索でデリバリークラブをぶっ潰《つぶ》されてもいいけど、ドル箱の秘密カジノは十年、いや、二十年先まで保《も》たせたいんだ。だからさ、赤坂署生安課の動きを教えてほしいんだよ」

「おれは、もう赤坂署の人間じゃない。去年の十一月に本庁刑事総務課に異動になったんだ」

「そいつは知らなかったな。でもさ、その気になれば、赤坂署の手入れの情報は簡単に入手できるはずだ」

「だから？」

「今後、手入れの情報を流してほしいんだよ。協力を拒《こば》んだら、どうなるかはわかってるよな？　あんたは警察官僚のひとりだが、人生は暗転するよ。現職刑事が非合法カジノで遊んで、おまけに白人ディーラーと寝たわけだからね」

「おれの要求を呑《の》んでくれたら、協力してやってもいい」

鷲津はあることを思いつき、撒き餌《まえ》を放った。

「ちょいと小遣いを回してくれってわけかい？」

「銭《ぜに》なんか欲しくない。サラをおれに譲《ゆず》ってくれ」

「おれの情婦《いろ》をくれってか。無頼派刑事は無鉄砲だね」

「で、どうなんだ？」

「サラを譲るわけにはいかねえな。まだヤンキー娘に未練があるんでね。国産の女ばかり抱いてると、無性《むしょう》に外国製の玩具《おもちゃ》で遊びたくなるんだよ」

「そういうことなら、協力できない。カジノをぶっ潰して、サラはアメリカに強制送還させる」

「ま、待てや。そんなにサラが気に入ったんだったら、五日間、キャリアさんに預けてもいいよ。腰が抜けるぐらいサラを抱いてやればいいさ。その代わり、それできれいさっぱりとサラのことは諦《あきら》めてくれ。それで、どうだい？」

「いいだろう」

「それじゃ、そういうことでな。おれは、いったん引き揚げらあ。せいぜい娯《たの》しんでくれや」

権藤が下卑《げび》た笑いを浮かべ、寝室から出ていった。

「わたしをセックスペットにしたかっただけなの？」

サラが哀《かな》しげな表情で問いかけてきた。

「そうじゃない。そっちに逃げるチャンスを作ってやりたかったんだよ。権藤と別れて、〝エクスタシー〟を断《た》て！」

「権藤とは別れたいと思ってたけど、ドラッグと縁を切ることはできないわ」

「廃人になってもいいのかっ。まだ若いんだから、人生をリセットすべきだ」

「そうしたいけど、わたし、自信がないわ」

「体から麻薬を完全に抜くのは想像以上に辛《つら》いようだが、とにかくトライしてみろ」

「でも、薬物中毒者の更生施設を訪ねたら、警察に捕まっちゃうわ」

「自力で、禁断症状と闘うんだ。そうたやすくはないだろうが、強い意志があれば、〝エクスタシー〟を断つことはできるだろう」

「そうかな」

「どこかウィークリーマンションを借りてやるから、そこで頑張ってみろよ」

「ありがとう。わたし、トライしてみるわ」

「先にシャワーを浴びて、差し当たって必要な着替えや貴重品をバッグに詰めてくれ」

「オーケー」

サラがベッドから降り、素肌に純白のバスローブを羽織《はお》った。

鷲津はヘッドボードに上体を預け、また紫煙《しえん》をくゆらせはじめた。行きがかりから、サラが立ち直るまで面倒を見る気になっていた。惚《ほ》れはじめた女を見捨てることはできない。

しかし、サラは自分だけの力で麻薬を断ち切れるだろうか。いささか不安だった。

鷲津は仕事柄、たくさんの薬物中毒者を見てきた。その中には、インテリも混《ま》じっていた。どんな麻薬にも習慣性がある。

いったんドラッグの虜《とりこ》になってしまったら、悪習を断つことは困難だ。ことに催淫《さいいん》効果のある薬物は厄介だった。覚醒剤が、その筆頭だろう。

——おれは、サラを救えるのか。何がなんでも〝エクスタシー〟をやめさせないとな。

鷲津は心に誓って、喫《す》いさしのロングピースの火を消した。

柄にもなく、ある種の使命感に燃えていた。肌を合わせた女たちには、それぞれ情《じょう》が移る。しかし、それはたいてい長くは持続しない。相手との接触回数が少なくなれば、自然消滅してしまう。

だが、いまは本気でサラを更生させたいと考えている。しかし、その願いを実現させられるのか。正直なところ、自信はなかった。

十分ほど経《た》つと、サラがバスルームから出てきた。

鷲津はベッドから離れ、素っ裸で浴室に向かった。ボディーソープを使って、入念に体を洗う。

バスルームを出ると、居間でサラが手荷物をまとめていた。鷲津は寝室に入り、手早く身繕《みづくろ》いをした。黒いタートルネック・セーターの上に焦茶《こげちゃ》のスエードジャケットを重ね、居間に移る。

「もう準備完了よ」

サラがそう言い、サムソナイト製のキャリーケースの蓋《ふた》を閉めた。

「ちょっと待った。妙な錠剤を衣類の下に隠してないな？」

「ええ、〝エクスタシー〟は一錠も入れてないわ」

「そうか。でも、一応、チェックさせてもらうぞ」

鷲津は言って、フローリングの床《ゆか》に片膝をついた。と、サラが焦《あせ》った顔で鷲津の右腕を摑《つか》んだ。

「ごめんなさい。わたし、嘘《うそ》をついてしまったの」

「ドラッグをキャリーケースに忍び込ませたんだな」

「ええ」

「全部、出せ！」

鷲津は命じた。

サラが素直にうなずき、キャリーケースの上蓋《うわぶた》を開けた。ランジェリーの下から透明なビニール袋を引っ張り出し、きまり悪げに笑う。

中身は錠剤だった。三十錠はありそうだ。

鷲津は〝エクスタシー〟を袋ごと受け取り、手洗いに向かった。便器の中に錠剤をそっくり落とし、流水コックを勢いよく捻《ひね》る。

一度では流せなかった。鷲津はコックを二回動かして、居間に戻った。

「もうどこにも隠してないな？」

「ええ」

「二度も嘘をついたら、バックハンドで顔面を殴るぞ」

「ええ、いいわ」

サラがキャリーケースの蓋を閉めた。

鷲津は黙ってサムソナイトの把《と》っ手《て》を握り、キャリーケースを引きはじめた。二人は玄関ホールに直行し、1ＬＤＫの部屋を出た。

九階だった。

鷲津たちはエレベーターで一階に降りた。函《ケージ》の扉が開いたとき、エントランスロビーにいた柄の悪い男があたふたと外に出た。共和会の構成員だろう。

若頭の権藤にサラの行動を監視するよう指示されたにちがいない。姿を隠した男は、三十歳前後だった。いかにも凶暴そうな面構《つらがま》えで、知性の欠片《かけら》さえうかがえなかった。

サラは、権藤の配下の者には気がつかなかったようだ。鷲津はサラと肩を並べて、マンションを出た。

アプローチの石畳を踏みながら、車道に目をやる。マンションの斜め前の路上に、旧型の黒いメルセデス・ベンツが駐《と》めてあった。

ヘッドライトは灯《とも》っていない。車内にも人影は見当たらなかった。さきほどの男は、近くの暗がりに身を潜《ひそ》めているのだろう。

権藤の手下に尾《つ》けられるのは、うっとうしい。

鷲津はマンションの前の通りに出ると、キャリーケースをサラの前に押し出した。

「先に表通りまで歩いて、タクシーを拾ってくれ。後《あと》から行くよ。仕事の電話を一本かけなきゃならないんだ」

「わかったわ」

サラがキャリーケースを引きずりながら、表通りに向かった。

鷲津はサラが遠ざかってから、黒いベンツの横に屈《かが》み込んだ。ワークブーツの紐《ひも》を結び直す真似《まね》をしながら、ナイフでベンツの後輪の空気を抜く。

鷲津はしゃがんだまま前に進み、次に前輪を傷つけた。立ち上がったとき、物陰から柄の悪い男が躍《おど》り出てきた。

「てめえ、おれの車のタイヤに何かしたんじゃねえのか?」

「共和会の者《もん》だな? 権藤に頼まれて、おれたちの動きを探《さぐ》る気だったんだろうが?」

「なんの話か、さっぱりわからねえな」

「空とぼける気か」

鷲津はにっと笑って、前に跳《と》んだ。着地するなり、相手の睾丸《こうがん》を思うさま蹴《け》り上げる。

相手が白目を晒《さら》しながら、その場にうずくまった。鷲津は表通りまで全速で駆けた。すでにサラはタクシーの中で待機していた。

鷲津は後部座席に乗り込むと、五十年配の運転手に行き先を告げた。

JR品川《しながわ》駅の近くに以前、半月ほど借りたことのあるウィークリーマンションがあった。家具付きで、管理人が常駐している。

タクシーが走りだした。

鷲津は携帯電話で、ウィークリーマンションの管理会社に空室があるかどうか問い合わせた。幸いにも、三室ほど空いていた。鷲津は電話で入居手続きを済ませた。

目的のウィークリーマンションに着いたのは、およそ二十分後だった。

すでに会社から管理人に連絡が入っていた。鷲津たちは管理人からカードキーを受け取り、八〇一号室に落ち着いた。

ホテル仕様《しよう》の造りで、靴を履《は》いたまま入室できる。十二畳ほどの広さだ。シングルベッド、チェスト、長椅子などが形よく配してあった。トイレと浴室のほかに、コンパクトな調理台も備わっていた。

「わたしがドラッグを欲しがって、大声で喚《わめ》いたら、ぶってもいいわ」

サラがそう言い、ベッドに腰かけた。鷲津は曖昧《あいまい》な答え方をし、長椅子に坐った。

雑談を交わしているうちに、サラが次第にそわそわとしはじめた。禁断症状の前兆だろうか。

――サラのために、鬼にならなきゃな。

鷲津は自分に言い聞かせた。

それから間もなく、スエードジャケットの内ポケットで携帯電話が鳴った。発信者は、田代警視総監だった。

「緊急召集だ。今夜十時に『ミラージュ』に来てくれ」

「今夜ですか……」

「そうだ。何か都合《つごう》が悪いのかね?」

「いえ、大丈夫です」

鷲津は短く応じ、電話を切った。サラのことが気がかりだが、やむを得ない。

3

奥の個室席に達した。

六本木二丁目にあるフレンチ・レストラン『ミラージュ』だ。約束の午後十時まで、まだ十数分ある。

荒巻は、黒服姿の若いウェイターを目顔《めがお》で犒《ねぎら》った。

ウェイターが一礼し、遠ざかる。

荒巻はコートを脱ぎ、ネクタイの結び目が緩《ゆる》んでいないことを手で確かめた。それから、ドアをノックする。田代警視総監の声で応答があった。

荒巻は名乗って入室した。ロココ調のテーブルの右側に、田代と漁《すなどり》警察庁長官が並んでいた。相棒の鷲津の姿は見当たらない。

「お待たせしてしまって、申し訳ありません」

「まだ指定した時刻にはなっていない。謝ることはないよ。とりあえず、掛けたまえ」

田代が自分の前の椅子に視線を当てた。荒巻は目礼し、田代と向かい合った。

「特捜任務はきついだろうね？」

漁が問いかけてきた。

「いいえ、そんなことはありません。ただ、法の番人だという自覚がありますんで、超法規捜査には多少の抵抗がありますが」

「だろうな。鷲津君も、きみと同じなんだろうか」

「あいつは、鷲津は非合法捜査を愉《たの》しんでいる感じです。なにしろ彼は、拳銃をぶっ放したくて警察官になった男ですから」

「それは、彼一流の露悪《ろあく》趣味だろう。鷲津君は照れ屋だから、自分が善人に見られることを極端に嫌ってるみたいだからな」

「そういう傾向は、確かにありますね。しかし、鷲津は心底《しんそこ》、違法捜査を満喫してるようなんですよ。相手が救いようのない悪人とわかると、少しもためらわずに拳銃《ハンドガン》や短機関銃《サブマシンガン》の引き金を絞りますからね」

「特殊任務なんだから、そういう非情さは必要だろうね。相手に隙《すき》を見せたら、逆に命を奪われることになる」

「ええ、その通りですね。もっと冷徹になる努力を重ねます」

「あまり無理をすることはないさ。人を殺すことに快感を覚えるようになられるのも、ちょっと問題だからな。わたしも田代総監も、法では裁けない怪物たちを皆殺しにしたいと考えてるわけじゃないんだ」

「わかっています、その点は」

「そうだろうね。しかし、生きるだけの価値もない大悪党は迷うことなく闇《やみ》に葬《ほうむ》ってもらいたい」

「はい」

荒巻は田代と漁《すなどり》に断ってから、キャビンマイルドに火を点けた。喫煙本数は一日十本程度に抑《おさ》えている。それでも緊張しているときは、つい煙草を吹かしてしまう。

「もうじき鷲津君も来るはずだ。緊急召集を少し迷惑がっているように感じられたが、ご両親のどちらかが体調を崩されたのかな?」

田代が問いかけてきた。

「いいえ、そういう話は聞いてません。鷲津は女好きですから、誰かとデート中だったんでしょう」

「なるほど、そうだったのかもしれないな。きみのほうはどうなんだ？」

「はあ？」

「女性関係だよ。色男なんだから、鷲津君と同じくらいモテるんだろう？」

「こと女性に関しては、晩生《おくて》なんですよ。というよりも、不器用なんでしょうかね。鷲津みたいに多くの女性と戯《たわむ》れにつき合うなんて芸当はできないんです。また、そうしたいと思ったこともありません」

「荒巻君は硬骨漢だからな。ただ、美人嫌いだという噂《うわさ》を耳にしたことがあるが、妙な先入観は持たないほうがいいね。数こそ少ないが、容姿、知性、性格の三拍子が揃《そろ》ってる女性もいるもんさ」

「そうなんでしょうね」

「心当たりがありそうな口ぶりだな」

「別にそういうわけではありません」

荒巻は否定し、煙草の火を消した。脳裏には、三上由里菜の顔がにじんでいた。

漁が左手首のオメガに目を落とした。いつの間にか、午後十時を回っていた。田代たち二人の前には、ミネラルウォーターの入ったグラスが置かれているきりだ。

「相棒は少し遅れそうですね。わたしが先に特捜指令の内容をうかがってもかまいませんが……」

「もう少し待とう」

「はい。相棒が時間にルーズで、すみません」

荒巻は目を伏せた。三人の間に、沈黙が落ちる。

鷲津が現われたのは、午後十時十二分過ぎだった。スエードジャケット姿の相棒は、色の濃いサングラスをかけていた。しかも、喫《す》いかけのロングピースを指の間に挟んでいる。

「どうもお待たせしちゃって」

鷲津が軽い調子で言って、煙草の火を灰皿の底に押しつけた。

「おい、鷲津《ワシ》！　おまえ、何様のつもりなんだ。時間に遅れた上に、サングラスをかけたままじゃないかっ」

「グラサンは外したほうがよさそうだな」

「早く外せ。総監と長官に失礼じゃないか」

「おれは天《あま》の邪鬼《じゃく》だから、そう言われると、意地でも外したくなるんだ」

「子供っぽいことを言うな。おまえは無頼派キャリアを気取ってるんだろうが、世の中にはマナーやルールがあるんだ」

「良識ってやつが嫌いなんだよ、おれは。荒巻《アラ》みたいに常識や社会通念に縛《しば》られてたら、人生を愉しめないからな」

「とにかく、サングラスを外せ！」

荒巻は立ち上がって、右腕を伸ばした。サングラスを抓《つま》む前に、鷲津に手を払われてしまった。

「殴るぞ、この野郎！」

「いつでもかかってこい」

鷲津がファイティングポーズをとる。

田代が呆《あき》れ顔になった。

「まるで子供の喧嘩だね」

「鷲津がガキすぎるんで、つい……」

「ガキは、そっちだろうが！」

鷲津が言い返し、先に椅子に腰かけた。数秒経《た》ってから、サングラスを外した。切れ長の目が露《あらわ》になった。いかにも母性本能をくすぐりそうな面差《おもざ》しだ。それでいて、甘さの底に虚無的な気配を秘めている。

甘さと凄《すご》みを併《あわ》せ持っているから、女たちに好《す》かれるのだろう。

荒巻も椅子に腰を据《す》えた。

田代が食卓の呼び鈴《りん》を押す。

待つほどもなくウェイターが個室席にやってきた。田代が食前酒と前菜を運ぶよう指示した。ウェイターが恭《うやうや》しく頭を下げ、じきに下がった。

「シェリー酒と前菜が届いてから、仕事の話をしよう」

田代が荒巻と鷲津を等分《とうぶん》に見ながら、低い声で言った。荒巻たち二人は相前後して、小さくうなずいた。

「何か先約があったようだね？」

田代が鷲津に話しかけた。

「そうじゃないんだが、ちょっと気がかりなことがあったもんで」

「プライベートなことなんだね？」

「ええ」

「鷲津《ワシ》、失礼じゃないかっ」

荒巻は相棒を睨《にら》みつけた。

「何が？」

「敬語を使うべきだろうが。田代警視総監は、本庁のトップなんだぞ。漁《すなどり》長官も警察庁の最高位に就《つ》かれてる」

「警察は階級社会だが、いちいち気を遣《つか》うことはないと思うがね」

「本気で言ってるのか⁉」

「おれたち四人は、いわば同じ穴の狢《むじな》じゃないか。超法規捜査という危《ヤバ》いことをやってるわけだから、ま、仲間だよな。仲間にいちいち気を遣《つか》ってたら、疲れるだろうが！」

「おまえは世の中を甘く見てる。どんなに親しい間柄でも、礼儀を忘れるのはよくないことだ」

「そんなふうに物事を四角四面に考えてるから、おまえは若い女たちに煙たがられるんだよ。もっと気楽に生きりゃ、人生が百倍愉しくなるのに」

「いい加減に生きてたら、鷲《ワシ》津みたいになっちゃうからな」

「おれのどこが悪い？」

「そっちは子供っぽいダンディズムに引きずられて、崩れた警察官僚《キャリア》を演じつづけてる。それがカッコいいと思ってるんだろうが、発想が稚《おさな》すぎるよ。もっと真摯《しんし》な姿勢で職務に取り組むべきだ」

「キャリアとしての範《はん》を示せってか？」

「ま、そうだな」

「おれは、むやみに他人に頭を下げたくなかったんで、上級試験を受けたんだ。もともと大層な志《こころざし》があったわけじゃないから、有資格者《キャリア》の自覚も誇りもないんだよ」

「また悪ぶりやがって。そういうとこが子供っぽいんだ」

「粋《いき》な男は、死ぬまで永遠の不良少年でいなきゃな。野暮な生き方をしてる奴らは、ただ分別《ふんべつ》のある大人の振りをしてるだけじゃないか」

鷲津が言い切った。

そのとき、食前酒と前菜が届けられた。会話は中途半端なままで切り上げる形になったが、もはや荒巻は反論する気力もなかった。いつもの堂々巡りだった。

──どっちも自我が強い点は共通してるな。

荒巻はそう思いながら、シェリー酒を受けた。前菜は鴨《かも》のテリーヌだ。少量ながら、黒トリュフがあしらわれている。

ウェイターが立ち去った。

四人はグラスを軽く触《ふ》れ合わせ、思い思いに食前酒を口に運んだ。前菜を真っ先に食べたのは鷲津だった。ナイフとフォークの使い方が少しおかしかった。

別段、マナーを心得ていないわけではなかった。わざと粗野《そや》に振る舞うのは、一種の照れ隠しだろう。

鷲津は育ちがいい。父は銀座にオフィスを構える公認会計士で、母親は絵本作家である。父方の祖父はすでに他界しているが、大手精糖会社の創業者だった。母方の祖父は高名な彫刻家である。

世田谷区上野毛《かみのげ》にある鷲津の実家は、敷地六百坪の豪邸だ。彼は次男だった。兄は五歳のときに事故死している。

鷲津には、弟も妹もいない。実質的には、ひとりっ子だった。だが、鷲津は両親とは同居していない。恵比寿《えびす》の賃貸マンションで暮らしている。

学生時代から鷲津は裕福な家庭で育ったことに、ある種の後ろめたさを感じている節《ふし》があった。都内にある実家をわざわざ出たのは、財力のある親に甘えていないことを強調したかったからにちがいない。

「そろそろ特捜指令の件を……」

漁《すなどり》長官が、かたわらの田代を促《うなが》す。田代がグラスを卓上に置いた。

「一年三カ月前に社会評論家の椎名《しいな》譲《ゆずる》が世田谷区成城四丁目の自宅で、妻子ともども惨《ざん》殺《さつ》された事件は記憶してるね?」

「ええ、はっきりと憶《おぼ》えてます。椎名譲は人気コメンテーターとして、テレビのワイドショーにちょくちょく出演してましたし、月刊誌や週刊誌に署名原稿を発表してましたからね」

荒巻は応じた。

「椎名は二枚目でダンディーだったから、女性のファンが多かったようなんだ。しかし、四十五歳の若さで亡《な》くなってしまった。犯人は深夜に椎名宅に侵入し、一階和室で就寝中の夫人と四歳の息子を鋭利な刃物で五カ所以上も傷つけ、さらに二階の書斎でパソコンに向かっていた椎名を同じ手口で殺害した。三人は、いずれも失血によるショック死だった」

「ええ、そうでしたね。加害者は犯行後に被害者宅に明け方まで留《とど》まり、冷蔵庫内にあったハム、チーズ、ヨーグルトなんかを盗み喰《ぐ》いしたんじゃなかったかな？」

「そうなんだ。事件発生の翌日には成城署に捜査本部が設置され、本庁《うち》の捜一の捜査員が八十人以上投入されて、所轄署の刑事たちと捜査に当たった」

「しかし、まだ犯人の絞《しぼ》り込みにも至ってないんでしょ？」

「ああ、残念ながらね。犯人は韓国製のパーカとニット帽を犯行現場に遺《のこ》してる。それから、中国で生産されたスニーカーを履《は》いてたことも間違いない。ただね、有力な目撃証言がないんだよ」

「犯人と思われる人物が椎名家に出入りするとこを見た者はいなかったんですよね？」

「その通りだ。三人の死亡推定時刻は、午後十一時から翌午前一時半の間となってる。そして、加害者は午前五時前後に犯行現場から逃走したと思われるんだ」

「目撃証言がゼロだったなんて、なにか不自然な気がします」

「そうだね。現場は邸宅街だが、小田急《おだきゅう》線の成城学園前駅から直線で四百メートルほどしか離れていない。午後十一時ともなれば、通行人は少なくなるだろう。しかし、まだ私鉄電車は運行されてる時間帯だ。通行人や近所の住民が被害者宅付近で不審者を見かけても不思議じゃないんだが……」

「犯人は、見るからに凶暴そうな奴だったんじゃないのかな？」

鷲津が会話に割り込んだ。田代が鷲津に顔を向けた。

「それだから、実際には何人かが不審者を見たにもかかわらず、警察には何も教えなかった？」

「多分、そうなんだろうな。そうじゃないとしたら、犯人は悪運が強かったんだろう。たまたま付近に誰もいないときに被害者宅に侵入することができた上に、逃走時にも人目につくことはなかった」

「そうなんだろうか。もう一つ、納得できないことがあるんだよ」

「どんなことです？」

「被害者の三人は首、胸、腹部なんかを刺されたり斬《き》られたりしてるのに、近隣の人々は誰も悲鳴を聞いてない。椎名一家が麻酔薬を嗅がされたり、口許《くちもと》を粘着テープで塞《ふさ》がれた痕跡《こんせき》はなかったのにね」

「おおかた犯人は被害者たちの口の中にゴルフボールか、それと同じぐらいの大きさのスポンジボールを突っ込んでから、犯行に及んだんだろうな」

「鷲津《ワシ》、待ってくれ。おまえの推測通りだとしたら、被害者の口中からゴルフボールかスポンジボールの滓《かす》が検出されるだろうが？」

荒巻は相棒に言って、田代の顔をうかがった。

「捜査本部《チョウバ》から取り寄せた資料には、それについては一行も記述されてないね」

「ということは、殺された三人は犯人によって口の中に何かを突っ込まれたわけじゃないんでしょう」

「そう考えてもいいだろう。そうなってくると、三人の被害者が大声で救いを求めなかったり、悲鳴を放たなかったことがいよいよわからなくなってくるね」

「総監、犯人は被害者たちの顎《あご》の関節を最初に外しておいてから、刃物を使ったんじゃありませんか？」

「そうだったとしたら、殺された三人は涎《よだれ》を垂らしてるはずだよ。しかし、検視報告書にそのことは記《しる》されてないし、司法解剖でも顎や頬に圧迫の痕跡はないと記述されてたんだ」

「そうですか。そういうことなら、まだ謎ですね。マスコミ報道では、椎名夫人は性的な暴行は受けてないと……」

「ああ、その点は間違いない。それから、金品はまったく奪われていないことも確認済みだよ」

「それなら、怨恨《えんこん》による犯行なんでしょう」

「その線が濃いんだが、そうなってくると、犯行後、加害者が四、五時間、椎名宅に居残った理由がわからないんだ。一家に何らかの恨みを懐《いだ》く者の犯行《ヤマ》なら、ただちに事件現場から離れたいと思うんじゃないのかね？」

田代が言った。

「でしょうね。それなのに、ハムやヨーグルトをのんびりと喰《く》ってる。ちょっと理解できないな」

「捜査本部は、遺留品や靴痕から東洋系外国人の仕業《しわざ》と睨んでるようなんだが、果たして、そうなんだろうか」

「犯行の手口は玄人《くろうと》っぽい感じです。犯罪のプロが不用意に現場にパーカやニット帽を置きざりにするとは考えにくいですね、たとえ多量の返り血で汚れてしまったとしても」

「荒巻君の言う通りだ。加害者はアジア系外国人の犯行と見せかける目的で、わざと韓国製パーカやニット帽を現場に遺留したんじゃないのかね？　中国製のスニーカーを履いてたのも同じ理由からだろう」

「そう考えてもいいと思います」

荒巻は言って、シェリー酒で喉《のど》を潤《うるお》した。グラスをテーブルに戻したとき、相棒が田代に話しかけた。

「確か椎名譲は、梨華《りんか》女子大文学部の客員教授も務めてたと思うんだが……」

「そうだね。週に一度、その女子大でジャーナリズムに関する講義をしてた。ハンサムなタレント文化人だったから、いつも教室は学生で一杯だったそうだよ」

「椎名が教え子に手をつけたなんてことは？」

「さすがに、それはなかったようだね。だが、同じ大学でフランス語の講師を務めてた尾《お》花詩織《ばなしおり》とは二年半ほど前から不倫関係にあったようだ。二十九歳のフランス語講師は、椎名に強く離婚を迫ってたらしい。事件当時、尾花詩織は妊娠中だったようだ。しかし、椎名が妻子ともども殺害されたことを知って、流産してしまったらしい」

「その彼女のことは、ファイルの資料の中にあるのかな？」

「もちろん、揃えてある。顔写真もね。なかなかの美人だよ」

「それなら、聞き込みが楽しみだ」

「鷲津君らしいね。それはそうと、椎名譲は殺される数カ月前に両親を殺害した引きこもりの少年の尊属殺人のことをある総合誌で取り上げて、被害者夫婦の誤った家庭教育と学校関係者の無関心が事件を誘発したと発表して、関わりのある人たちから強く抗議されてたんだ」

「その関係資料もファイルされてるんでしょ？」

「ああ。それからね、椎名は二年近く前に刊行された著書の中に無断盗用部分があるとフリーターに指摘され、口止め料を払ってるようなんだよ」

「その件に関する捜査資料も用意していただけたんですね？」

荒巻は相棒よりも先に口を開いた。

「もちろん！　後《あと》で捜査資料をきみらに渡すから、じっくり読み込んで非合法捜査を開始してくれ」

「はい」

「言うまでもないことだが、成城署に置かれた捜査本部《チヨウバ》の連中をいたずらに刺激しないようにな」

「心得ています」

「それじゃ、メイン・ディッシュを運んでもらいますか?」

田代が隣席の漁《すなどり》長官に問いかけた。漁が大きくうなずき、食前酒を一気に呷《あお》った。

「メイン・ディッシュは鱸《すずき》の岩塩《がんえん》焼きと鹿肉のステーキなんだ。ワインは、赤にしたほうがいいかもしれないな」

田代が誰にともなく言って、呼び鈴を強く押した。

荒巻はシェリー酒をゆっくりと飲み干した。

4

死体写真は二十数葉《よう》あった。

鷲津は一枚ずつ手に取った。六本木の裏通りに面した古い洋館の応接間である。

フレンチ・レストランを出ると、鷲津は相棒の荒巻と徒歩でアジトにやってきたのだ。

この洋館は、漁警察庁長官の母方の叔父が生前に住んでいた家屋である。

二階家で、内庭はかなり広い。敷地は二百坪前後だろう。ガレージには、オフブラックのフーガと暗緑色のジープ・チェロキーが並んでいる。

二台とも、特別仕様《しよう》の覆面パトカーだ。警察無線だけではなく、車輛《しゃりょう》追跡装置も搭載《とうさい》されていた。鷲津はジープ・チェロキーを使っている。

「漁長官の叔父さんに会ってみたかったたな。貿易商として成功したのに、人間よりも西洋のアンティークが好きだったというんだから、相当な変わり者だったんだろう」

荒巻が頭上のシャンデリアを見上げた。応接間にあるソファセットも調度品も、明らかに年代物だった。

「荒巻《アラ》、そんなことよりも捜査資料に目を通したのか？」

「ああ、ちゃんと読んだよ。鷲津《ワシ》も早く読んでくれ」

「わかった」

鷲津は遺体写真を手早く繰《く》った。

世帯主の椎名譲は書斎の床に仰向けに倒れている。顔面を斜めに斬《き》られ、喉を掻き切られていた。胸部、腹部、両方の太腿《ふともも》にも刃物を突き立てられている。出血量は夥《おびただ》しく、血《ち》溜《だ》まりは広い。

被害者の着衣は、ほとんど乱れていなかった。犯人に凶器を振り翳《かざ》され、竦《すく》み上がってしまったのだろう。目と口は半開きだ。

椎名の妻の加奈《かな》は、一階の和室の夜具の中で死んでいた。パジャマ姿だった。

首、肩、背中、脇腹、腰、脚《あし》を刺され、血みどろである。整った顔面は無傷だ。それが唯一《ゆいいつ》の救いだろう。

夫婦のひとり息子の暁《あきら》は、畳の上に俯《うつぶ》せになっている。ほぼ全身、血糊《ちのり》で汚れていた。頸動脈《けいどうみゃく》の傷が深い。

肩、右腕、腹部、尻《しり》などが刃物で傷つけられていた。畳を両手の爪《つめ》で掻き毟《むし》った痕が痛々しい。苦しみながら、息絶えたのだろう。

鷲津は、束《たば》ねた鑑識写真を荒巻に渡した。

荒巻が捜査ファイルを前に押し出す。鷲津はファイルを手に取って、文字を目で追いはじめた。

最初のページには、椎名譲の浮気相手の尾花詩織の経歴が詳しく記述されている。椎名が週に一、二度、詩織のマンションに通っていたという証言も載っていた。

詩織の顔写真も貼付《ちょうふ》されている。やや目に険《けん》があるが、美人と言っても差し支《つか》えないだろう。

成城署の聞き込みによると、尾花詩織は親しい友人たちに、いずれ椎名の妻になると語っていたらしい。椎名は本気で妻の加奈と離婚し、詩織と再婚する気でいたのか。

不倫が発覚した後《のち》、人気コメンテーターは丸二カ月ほど詩織の自宅マンションに近づかなかったようだ。

その事実を考えると、詩織との関係は単なる浮気だったと思われる。詩織は椎名の煮《に》え切らない態度に腹を立て、妻との離婚を強く迫《せま》ったのか。

それでも、椎名は妻と別れる様子がなかった。そこで、詩織は椎名の子を孕《はら》んでいることを打ち明けた。焦《あせ》った椎名は、詩織に中絶手術を受けることを勧《すす》めたのだろうか。惚《ほ》れた男の本心を知らされた詩織は、椎名に憎しみを覚えるようになったのか。その憎悪は、いつしか殺意に変わった。

仮にそうだったとしても、椎名の妻や息子まで亡《な》き者にしたいと思うものだろうか。

捜査資料によれば、事件当夜、詩織は自宅マンションでアルバイトの翻訳に精を出していたらしい。マンションの居住者《きょじゅうしゃ》たちが詩織の部屋に電灯が点いていたと証言しているが、彼女が在宅していたという裏付けは取れていない。

詩織は在宅していると見せかけ、男装して被害者宅に侵入したのか。その可能性はなさそうだ。どう考えても、女性の単独犯行とは思えない。詩織は金で実行犯を雇って、椎名家の三人を殺害させたのか。

未成年による両親殺害事件を扱った全国紙の記事と椎名が総合月刊誌に寄稿した原稿の写しがファイルされ、関係者たちの証言が列記されている。

尊属殺人事件の被害者の縁者たちは、こぞって椎名の見方は独断に満ちていると怒りを表していた。学校関係者も、一様に椎名を非難している。椎名宛に抗議文を送りつけた者が四人もいた。

ことに加害少年の父方の伯父《おじ》に当たる高校校長の憤《いきどお》りは大きい。その人物は弟夫婦の家庭教育には何も落ち度がなかったと主張し、犯人の甥《おい》自身に問題があったと結んでいた。

学校関係者のひとりは、椎名の論評は言葉の暴力とさえ言い切っている。場合によっては、告訴も辞さないと綴《つづ》られていた。

鷲津は、総合月刊誌に発表された椎名の署名原稿を二度読んでみた。

確かに独断と偏見が気になる。尊属殺人事件を誘発したのは、親や教育者の愛情不足と言い切れるだけの根拠はなかった。

意地の悪い見方をすれば、椎名が奇《き》を衒《てら》っただけとも受け取れる。難癖をつけられた形の関係者たちが不愉快な気持ちになるのは当然だろう。

とはいえ、そういう人たちの中に一家惨殺を企《くわだ》てる人間がいるとは考えにくい。改めて再捜査する必要があるのだろうか。

椎名は自著でアメリカの社会学者の本から数ページにわたって無断引用した事実をフリーターに暴《あば》かれ、その相手に口止め料を払った疑いがあると記述されていた。

その男は菊間利文《きくまとしふみ》という名で、二十八歳だった。菊間は有名私大を卒業し、大手商社に就職した。しかし、一年弱で退社して、その後はフリーター暮らしをしているようだ。

菊間は、二年数カ月前にパソコンの取り込み詐欺《さぎ》未遂で略式起訴されている。フリーターは無断引用の件で椎名に口止め料を何回も要求し、強く拒絶されたのか。

そのことで、菊間も椎名を逆恨《さかうら》みする気になったのだろうか。そして、自棄《やけ》になって一家を皆殺しにしてしまったのか。

鷲津は捜査資料を読み終えると、煙草に火を点けた。

「誰が臭《くさ》いと思う?」

荒巻が問いかけてきた。

「捜査資料に目を通した限りでは、椎名の不倫相手の尾花詩織が気になるな」

「女の犯行《ヤマ》じゃないだろうが?」

「ああ、詩織自身が直《じか》に手を汚したんじゃないだろうな。椎名の愛人だった女が事件に関わってるとしたら、当然、殺人教唆《きょうさ》罪だろう」

「女がそこまで考えるかな?」

「荒巻《アラ》は恋愛経験が少ないから、まだわからないんだろうが、案外、女たちは残忍な面を持ってるんだ。少なくとも、男みたいにはロマンティストじゃない。それが女の本質だよ。もちろん例外はあるが、一般的には女はリアリストで薄情なんだ」

「そうかな。どんな女性にも母性本能があるわけだから、とことん冷酷にはなれないんじゃないのか？」

「そんなふうに女を甘く見てると、荒巻《アラ》、ひどい目に遭《あ》うぞ。これも一般論だが、女は男よりも狡《ずる》くて強《したた》かなんだよ。それでいて、激した感情を上手にコントロールできない。自分を裏切った人間をいったん憎むと、容易には冷静になれないんだ」

「しかし、尾花詩織は女子大の講師だぞ。平凡なOLなんかよりも、自制心はあると思うがな」

「最終学歴や知力が異《こと》なっても、人間の感情に変わりはないよ。むしろ尾花詩織は大学教員であることに優越感を持ってるだろうから、並の女よりも自尊心が強いと思われる」

「妻子持ちの椎名に結局は弄《もてあそ》ばれてただけと感じ取った瞬間、プライドをずたずたにされて、不倫相手に怒りと憎しみを強く感じた？」

「ああ、多分な。それだけではなく、惚れてた男が慈《いつく》しんでる人間にも同質の感情を懐《いだ》くかもしれない」

鷲津は言って、煙草の火を消した。

「坊主憎けりゃ、なんとかかってやつか。それが女心かもしれないが、おれは尾花詩織はシロのような気がするな」

「それじゃ、誰が怪しいんだ？」

「軽率な発言は慎《つつし》むべきだろうが、おれは教職者が総じて誇り高いことを考えると、尊属殺人事件の被害者夫婦の兄に当たる人物のことが……」

「つまり、加害少年の父方の伯父が引っかかるってことだな？」

「ああ。自分の息子にゴルフクラブで撲殺された小出裕之《こいでひろゆき》・佐登子《さとこ》夫妻の兄に当たる小出謙一《けんいち》は椎名に弟夫婦が子育てに失敗したと書かれ、教育者として自分まで否定されたと感じたんじゃないだろうか。両親を殺した小出開《かい》は、自分の甥なわけだから」

「そうだが、加害少年は実弟の子だ。自分の倅《せがれ》じゃない。教育者として無能だったと暗に椎名に書かれたとしても、殺意が芽生《めば》えるとは思えないな」

「そうだろうか。犯人が卒業した中学校や高校のクラス担任なんかも、椎名の独断的な見方には腹を立ててるようだ。加害者の父方の伯父である小出謙一にとっては、椎名に深く傷つけられたはずだぜ」

「そうだろうが、それで椎名一家を殺害する気になるかね？　もう小出謙一は五十代の後半なんだ。いくら腹立たしくても、そこまで暴走はしないさ」

「そうかな。無断引用文のことで椎名を強請《ゆす》ってたフリーターの菊間利文はどうだ？」

「捜査資料によると、菊間は椎名から口止め料を脅し取ったんではなく、資料集めの謝礼として百数十万円を貰《もら》ったと主張してるようだな？」

「ああ、そうだな。死人に口なしだから、菊間は自分に不都合になるようなことは言わなかったんだろう」

「そうなんだろうな」

「菊間は、椎名にかなりの額の口止め料を要求したんじゃないだろうか」

荒巻がそう言い、脚《あし》を組んだ。弾《はず》みで、膝頭がコーヒーテーブルにぶつかった。だが、相棒は表情を変えなかった。

「たとえば、一千万円とかか？」

「いや、もっと額は大きかったんじゃないのかな。一千五百万円とか、二千万円とかさ。しかし、それで終わりにしてもらえるという保証はない。だから、殺された椎名はきっぱりと断ったんじゃないのかな？」

「で、菊間利文が逆上して、犯行に及んだかもしれない？」

「その可能性はあると思うんだ。三十近くなってフリーター暮らしじゃ、先行き不安になるにちがいない。少しまとまった金を椎名からせしめるつもりでいたが、それは叶《かな》わなかった。だから、いっぺんに絶望的な気持ちになって、菊間は凶行に走ってしまった」

「殺害動機が弱い気がするな」

鷲津は正直な感想を述べた。

「そうだろうか。最近は、これといった動機もないのに、凶悪な犯罪を引き起こしてる連中が増えてる。ちょっとした恨みや怒りでキレてしまう奴が多くなってるだろ？」

「ああ、そうだな。しかし、その程度の動機では一家三人を惨殺する気にはならないさ。椎名の息子は、まだ四歳だったんだぜ」

「もっと強い恨みがなければ、子供まで殺したりしないか？」

「おれは、そう思うね。犯行動機は怨恨《えんこん》じゃないのかもしれないな。仮に犯人が快楽殺人者だとしたら、別に個人的な恨みや金銭欲なんかなくても、人殺しをするだろう」

「椎名家から金品は消えてないし、夫人もレイプされてない。犯行目的が殺人行為そのものだったとしたら、鷲津《ワシ》が言ったように異常者による犯行なのかもしれないな」

「しかし、予断《よだん》は禁物だ。捜査資料に載《の》ってる連中をひと通り調べてみよう」

「そうするか。おれは明日、まず小出謙一に会ってみるよ。それから、加害少年の元クラス担任にも会ってみる」

「それなら、おれは椎名の不倫相手だった尾花詩織に会うことにしよう。それで、早く聞き込みを終えたほうが菊間利文に会うことにしようや」

「了解！　鷲津《ワシ》、西麻布《にしあざぶ》のショットバーで軽く飲むか？」

「今夜はやめとこう。品川駅のそばのウィークリーマンションに知り合いの女がいるんだが、ちょっと用があるんだ」

「女好きもいいが、特捜指令を最優先してくれよな」

「わかってるって」

「おれは、もう一度、捜査資料に目を通すことにするよ」

荒巻がファイルを摑《つか》み上げた。

鷲津は応接間を出て、ポーチからガレージに回った。暗緑色の四輪駆動車に乗り込み、イグニッションキーを捻《ひね》る。バッテリーは上がっていなかった。

アジトの洋館を出る。外苑東《がいえんひがし》通りをたどって、桜田《さくらだ》通りを進んだ。目的のウィークリーマンションに着いたのは、十四、五分後だった。

鷲津はジープ・チェロキーをマンションの横に駐《と》め、サラ・ハミルトンのいる部屋に急いだ。あと数分で、午前零時だった。

鷲津は部屋に入った。

サラはベッドに横たわり、虚《うつ》ろな目をしていた。禁断症状の前兆だ。

「わたしを抱いて。何かに熱中してないと、どうしても〝エクスタシー〟のことを考えてしまうの」

「そっちを抱いてやることは、いつでもできる。しかし、セックスに熱中しても禁断症状が消えるわけじゃない」

「わたし、どうすればいいの？　何もしなかったら、またドラッグが欲しくてたまらなくなりそうだわ。ボストンにいる母の顔を思い浮かべて、懸命に堪《こら》えてるんだけど……」

「熱めの風呂に入って、できるだけ汗をかくんだ。少しは禁断症状が薄らぐだろう。ちょっと待っててくれ」

鷲津は浴室に駆け込み、湯船に湯を張りはじめた。設定温度は四十四度にした。

浴槽《よくそう》が湯で満たされてから、サラに入浴するよう勧める。だが、サラは上体を起こすのも大儀《たいぎ》そうだった。

鷲津はサラの衣服を一枚ずつ脱がせ、ブラジャーやパンティーも剝《は》いだ。全裸のサラを両腕で捧《ささ》げ持ち、そのまま浴室に移る。

「ありがとう」

サラは洗い場に立つと、シャワーを浴びた。

白い肌がところどころピンクになるまで、彼女は湯を受けつづけた。それから少しずつ湯船に体を沈める。

「ええ、ちょっとね。でも、早く汗を出したいから、わたし、我慢する」

「心配だから、ここにいるぞ」

鷲津は浴槽の近くに屈《かが》み込んだ。

湯の中でサラの乳房がかすかに揺れている。恥毛は海草のようにそよいでいた。不思議なことに欲情は催《もよお》さなかった。

「辛いだろうが、できるだけ汗を出すんだ」

「わたし、〝エクスタシー〟が憎いわ。わたしの心を弱虫にして、体にもダメージを与えたんだから」

「この機会に、体から麻薬を抜くんだ。もう死んでしまったが、日本の有名なジャズピアニストは三カ月間、一日に五時間も熱い風呂に入って、覚醒剤中毒を克服したんだ。別のジャズドラマーも同じ方法で多量の汗を流して、禁断症状を乗り切ったんだよ。科学的なことはよくわからないが、それなりの効果はあるにちがいない」

「ええ、そうなんでしょうね」

「呼吸が苦しくなったら、すぐに教えてくれ。いったん浴槽から出て、体の火照《ほて》りを少し冷ましたほうがいいだろう」

「熱すぎるか?」

「胸苦しくなったら、鷲津さんに引っ張り上げてもらうわ」

サラが湯船の縁《ふち》に後頭部を預け、瞼《まぶた》を閉じた。早くも額には、玉の汗が浮かんでいる。

「サラは子供のころ、何になりたいと思ってた？」

鷲津は訊《き》いた。気を逸《そ》らせることによって、少しでもサラの忍耐時間を短く感じさせてやりたいと考えたのだ。

「小学校に通ってるときは、学校の先生になりたいと思ってたわ。でも、ハイスクール時代はロック歌手に憧《あこが》れてたの。それで、同級生とバンドを組んだりしたのよ」

「サラは、リード・ボーカルだったのか？」

「ええ、一応ね。でも、バンドは一年も経《た》たないうちに解散しちゃったの」

「どうして？」

「上級生の男の子がオリジナルの楽曲を提供してくれてたんだけど、わたしたちバンドのメンバー全員がその彼を好きになっちゃったのよ。五人が抜け駆けしながら、その先輩にアプローチしてるうちに、なんとなくチームワークが乱れちゃったの」

「それで、バンドは解散することになったわけだ？」

「そう。ボストン大に入ってからは、演劇に興味を持ったの。在学中にいろんなオーディションを受けたんだけど、どこも最終審査には通らなかったわ。それで、卒業してからは日系企業に就職したの。その会社で同僚だったイタリア系アメリカ人の女の子が日本でモデルの仕事をしてた関係で、わたしもこっちに来たわけ」

「そうだったのか。それで、モデルの仕事をしてたんだ？」

「ええ、二年ほどね。でも、だんだん仕事が少なくなって、六本木の白人ホステスだけを揃えたクラブで働くようになったの。その店の常連客だった権藤に口説《くど》かれて……」

「その先の話はしなくてもいいよ。おれは子供のころ、怪盗ルパンみたいな義賊になりたいと思ってたんだ」

「へえ、そうなの」

「中学生のときは、船乗りになりたいと思ったな。でも、高校生になったら、刑事になりたくなったんだ」

「世の中の悪い奴らをとっちめたくなったわけね？」

「いや、拳銃を持ち歩きたくなったんだよ」

「冗談でしょ？」

「真面目《まじめ》な話さ」

「あなた、面白いわ。女性みたいに優しい顔立ちしてるのに、ものすごく男っぽい性格だし、捨て身で生きてる感じがする。どこかミステリアスだから、女をちっとも退屈させせないわ」

「それだけかい？」

「女癖は悪そうだけど、誠実なところもあるみたいね。それから、日本人にしてはキスが上手だわ。ね、キスして」

サラが背筋を伸ばし、顎《あご》を浮かせた。鷲津はバードキスをしただけで、唇も舌も吸いつけなかった。

「いじわるね」

「いまは治療中だぜ」

「そうだったわね」

サラが肩を竦《すく》めた。鷲津は、ブロンドヘアを優しく撫《な》ではじめた。

第二章　絞れない犯行動機

1

校長室に通された。

渋谷《しぶや》区内にある都立高校だ。小出謙一が執務机から離れた。

荒巻は名乗って、警察手帳を短く見せた。特捜指令を受けた翌日の午後一時過ぎである。

「いまごろ、甥《おい》が引き起こした事件を再捜査するとは、どういうことなんです？　両親を殺した開《かい》は、もう少年刑務所に入ってるのに」

小出が小首を傾《かし》げた。五十八歳にしては、老《ふ》けて見える。公立高校の校長は何かと苦労が多いのだろう。

「はっきり申し上げましょう。あなたの甥が引き起こした尊属殺人事件について、一年三カ月前に妻子と一緒に惨殺された評論家の椎名譲はずいぶん辛辣《しんらつ》なことを月刊総合誌の『現代公論』に書きましたよね？」

「椎名は有名人でしたが、実に無責任な男です。奴の言動で、わたしたち身内や学校関係者がどれだけ傷ついたか……」

「そのあたりのことを聞かせていただきたいんですよ」

「わかりました。とりあえず、坐りましょう」

「はい」

荒巻はソファセットに歩み寄り、小出と向かい合った。

「自分の子に撲殺されてしまった弟夫婦は教育熱心ではありましたが、どちらも開に名門大学に入れと発破《はっぱ》をかけたりはしてなかったと思います。しかし、親類に教育者が大勢いますんで、甥はそこそこの有名大学に合格しなければ、カッコ悪いと考えてたんでしょう」

「そうなんですかね？」

「おそらく、そうでしょう。甥も小・中学校までは学校の成績は常に上位でしたし、スポーツも万能でした」

「高校生になってから、開《かい》君は変わられたんですね？」

「ええ、そうです。健康な証拠なんでしょうが、甥は性的な好奇心を膨《ふく》らませて、ネットのアダルトサイトにしょっちゅうアクセスし、いかがわしい画像ばかり観《み》てたんですよ。それを母親である義妹の佐登子に知られてしまい、勝手にパソコンを処分されちゃったんです」

「いくら母親でも、そこまでするのはまずいな」

「その点は、わたしもあなたと同じ意見です。たとえ親子であっても、人格は尊重しなければいけません。それはともかく、そのことがあってから、甥の開は別人のように変わってしまったんですよ」

「どんなふうに変わったんです？」

「自宅で平気で煙草を吹かすようになって、夜中にバイクを乗り回すようにもなりました。それから、自分の部屋で堂々と友達から借りたという裏ＤＶＤを観《み》るようになったみたいですね」

「そうですか」

「義妹は困り果てて、夫である裕之に告げ口したんです。当然、わたしの弟はひとり息子の開に少し生活態度を改めろと説教しました。甥はそれが面白くなかったようで、その翌日、母親を殴り倒したんですよ。告げ口されたんで、頭にきたんでしょうね」

「それは高一のときですか？」

「いいえ、高二になってからです。母親に暴力を振るったことで、また甥はわたしの弟に強く叱《しか》られました。そのことが痼《しこり》になって、開は両親に心を閉ざすようになってしまったんですよ」

「所轄署の調べによると、開君は自分の部屋に引きこもり、父母とは口も利かなくなったとか？」

「ええ、そうなんです。甥は弟夫婦が就寝してから階下《した》に降りて、義妹が用意した食事をこっそり摂《と》り、それから入浴してたようです」

「学校には？」

「高二の初夏ごろから、ずっと不登校でした。進学校でしたので、甥の成績は下がる一方だったんだと思います。そんなことで、開は通学することが苦痛になったんでしょう」

「ご両親は、何か手を打たれなかったんですか？」

「弟夫婦は開に半年間休学して、オーストラリアの酪農家宅にホームステイしてみろと言ったらしいんですよ。しかし、開はそれを拒《こば》んだようです」

小出が長嘆息《ちょうたんそく》した。

「開君《かい》は自室に引きこもって、何もしようとしなかったわけか」

「ええ、そうです。弟夫婦は思い悩んだ末、ニートの若者たちを更生させる民間の施設に相談に行ったんですよ。そのことを知った甥は半狂乱になって、父親のゴルフバッグの中からアイアンクラブを抜き出し、弟夫婦の頭部をめった打ちにしてしまったんです」

「開君は、両親に見放されたと自暴自棄《じぼうじき》になってしまったんだろうな」

「そうだったんでしょうね。ですが、弟夫婦の子育てに大きな誤《あやま》りはなかったと思います。過保護ではありませんでしたし、放任主義だったわけでもなかったんですよ」

「そうですか」

「椎名譲は何も弟一家のことを知らないくせに、偉そうに『現代公論』で事件を誘発したのは家庭教育と学校教育のまずさだと極《き》めつけたんです。著名なタレント文化人だからといって、そこまで言及《げんきゅう》するのは横暴ですよ。思い上がりも甚《はなは》だしい」

「掲載誌のコピーを読みましたが、わたしも椎名譲の独断論には公正さが足りないと感じました」

「歪《ゆが》んでますよ、椎名の考えは。弟夫婦に大きな落ち度はなかったんです。開自身がつい自制心を忘れ、暴走してしまったんだ。甥本人が悪いんですよ。椎名の奴は、親類に教育者が大勢いるのに、どいつも薄情だと言わんばかりの論調でしたがね」

「ええ、そうでしたね」

「中学校や高校のクラス担任まで椎名はティーチング・マシンに成り下がったと批判してましたが、幼稚園や小学校じゃないんです。中学生や高校生になったら、誰だって悩みを教師に打ち明けたりなんかしませんよ。仮にクラス担任が教え子の様子がおかしいと感じて声をかけたところで、悩みを相談する者なんかいない」

「そうでしょうね、その年頃になったら」

「椎名は、教育の現場に相互信頼の関係が育たないのは教師の努力が足りないからだと言い切ってるが、別に教育者だけの責任じゃありませんよ」

「ええ、そうですね。市場経済、競争社会、合理主義が加速され、世の中のみんなが精神的な余裕を失ってしまったんでしょう。格差社会で勝ち組になりたいと願ってる者はどうしても利己的になりがちですし、逆に自分はのし上がるだけの能力もチャンスもないと思い込んでる連中はどこか投げ遣《や》りになってる」

「ええ、その通りですね。社会構造そのものに問題があるんですよ。だから、大半の現代人は地道にまっとうな生き方をすることに価値を見出せなくなってしまったんです。哀《かな》しいことです」

「そうですね。ところで、あなたは椎名譲の署名記事にはだいぶ立腹されていたようですが……」

「それは腹が立ちましたよ。事件直後は、椎名を名誉毀損《きそん》で告訴する気でいました。記事の中にわたしたち縁者《えんじゃ》の実名が載ってたわけじゃありませんが、誰を指《さ》しているかはすぐにわかってしまいますからね。しかし、家内に強く反対されたんで、裁判沙汰《ざた》にはしなかったんです。開《かい》のクラス担任だった先生たちも、未《いま》だに椎名の例の署名原稿の内容には納得できないと思いますよ」

「そうかもしれませんね。それはそうと、椎名譲が殺されたというニュースを知ったとき、どう思われました？」

荒巻は単刀直入に問いかけた。

「奥さんとお子さんは気の毒だと思いましたが、椎名の死を悼《いた》む気持ちはまったく湧《わ》いてきませんでしたね。それどころか、ざまを見ろって気分でしたよ」

「憎しみが強かったようだな」

「刑事さん、曲解《きよつかい》しないでください。わたし、椎名が死んでも同情する気持ちにはなりませんでしたが、彼を自分の手で始末するなんてことは夢想したこともありません」

「捜査資料によると、事件当日、小出さんは夕方六時に帰宅され、近所にお住まいの知人と午後十時四十分ごろまで碁《ご》を打たれ、十一時半ごろに床に就《つ》かれたようですね？」

「ええ、そうです。その囲碁《いご》仲間の証言で、わたしのアリバイは成立してるはずです。いまになって改めて聞き込みをされてるのは、わたしが碁仲間に偽証してもらったと疑いはじめてるんですか⁉」

小出が急に声を裏返らせた。

「いいえ、そういうわけではありません。成城署に置かれた捜査本部の捜査が難航してるんで、振り出しに戻ってみようということになったんですよ」

「そうだったのか。わたしは自分が疑われてるような気がして、一瞬、むっとしてしまいました」

「少し配慮が足りませんでした。最初に説明すべきでしたね。そうしていれば、不快な思いをさせずに済んだでしょう」

「まあ、そうですね。でも、あまり気にしないでください」

「そうおっしゃっていただけると、気持ちが少し楽になります。お忙しいところを申し訳ありませんでした」

荒巻は謝意を表し、校長室を出た。長い廊下を進み、校舎の裏手にある職員用駐車場に回る。

荒巻は覆面パトカーのフーガに乗り込み、小出開が通っていた高校に向かった。新宿区内にある進学校に着いたのは数十分後だ。

荒巻は学校職員に身分を明かし、開《かい》のクラス担任だった矢部《やべ》潮《うしお》教諭《きょうゆ》に面会を求めた。

応接室で四、五分待つと、四十七歳の矢部がやってきた。中肉中背で、特徴のない容貌《ようぼう》だった。

二人は自己紹介し合い、ソファに腰を据《す》えた。矢部は、小出以上に椎名の独断論に憤《いきどお》っていた。

「有名な社会評論家だからって、言いたい放題は赦《ゆる》せません。もちろん、言論の自由は尊重しますよ。しかし、推測や臆測《おくそく》で尊属殺人事件の周辺の人間の神経を逆撫《さかな》でしていいわけありません」

「ええ、そうですね」

「わたし、小出君の異変に気づいてから、何度も悩みごとを探《さぐ》り出そうとしました。しかし、彼は『なんとなく勉強に集中できないだけです』の一点張りだったんですよ。要するに、わたしは信頼できない大人のひとりだったんですね。クラス担任としては、実に情けないことです。しかし、相手が裸の心を見せてくれなければ、手の打ちようがないでしょ？」

「でしょうね」

「教師だって、必死に生徒たちの信頼を取り戻す努力をしてるんです。椎名は教育の現場にいるわけじゃないのに、教育者を一方的に悪者扱いしたんです。不愉快でしたよ。いま社会問題になってる〝校内のいじめ〟を隠そうとしてる学校や教育委員会があることは、認めますよ。しかし、多くの教師はティーチング・マシンに成り下がってなんかいません。理想的な学校教育をめざして奮闘《ふんとう》してるんです」

「成城署の調べだと、あなたは椎名を告訴する気でいたようですね？」

「ええ、そのつもりでした。でも、思い直したんです」

「それは、なぜなんですか？」

「裁判が長引くことになれば、それだけ事件関係者に辛い思いをさせることになります。ことに小出君のご両親のお身内にね。そんなわけで、告訴はしなかったんですよ」

「そうですか。事件当夜、矢部さんはずっと自宅におられて、午前零時ごろに就寝されたとか？」

「ええ。そのことは、最初に聞き込みにいらした所轄署の刑事さんに話しました」

「そうですね。しかし、そのことを証言してるのは矢部さんのご家族だけです」

「わたしを容疑者扱いするのかっ」

「話を飛躍させないでください。わたしは、家族だけの証言ではアリバイは完全には成立しないということを申し上げたかったんですよ」

「あなた方は他人《ひと》を疑ってみることが捜査の第一歩と心得てるようだが、わたしは椎名一家殺しには絶対に関与してない。お引き取りくださいっ」

「怒らせてしまいましたね。ごめんなさい。わたしは、あなたの言葉を信じます。どうもお邪魔しました」

荒巻は立ち上がって、応接室を出た。

フーガに乗り、今度は小出開が卒業した公立小学校に向かう。目的の小学校は目黒《めぐろ》区内にあった。

荒巻は、加害少年のクラス担任だった女性教師と五十年配の教頭に会った。

どちらも椎名の独断には腹を立てていたが、人気コメンテーターを告訴する気はなかったと口を揃《そろ》えた。二人のアリバイも確かだった。

荒巻は辞去すると、近くにある小出開の生家にフーガを走らせた。

人の住んでいない小出家は全体に埃《ほこり》っぽかった。庭木の枝も伸び放題だ。郵便受けには、チラシ広告が詰まっていた。

――そのうち、この家屋《かおく》は取り壊され、更地になるのかもしれないな。尊属殺人事件の周辺の人たちは、誰もシロなんだろう。鷲津《ワシ》は何か手がかりを摑《つか》んだかな？

荒巻は覆面パトカーの運転席から相棒に連絡をとった。

なぜだか、鷲津はなかなか電話口に出ない。留守番センターに繋《つな》がりかけたとき、ようやく応答があった。

「荒巻《アラ》、何か収穫があったのか？」

「いや、無駄骨を折っただけだったよ。尊属殺人事件の周辺の人間は本事案《ほんじあん》に誰も関わってなさそうだ」

「そうか」

「鷲津《ワシ》のほうは、どうだった？」

「実は、まだ動きだしてないんだ」

「なんだって⁉　どういうつもりなんだっ」

荒巻は語気を強めた。

そのとき、女の唸《うな》り声がかすかに聞こえた。相棒は携帯電話を耳に当てたまま、女体をまさぐっているのか。唸り声は、圧《お》し殺した呻《うめ》き声に変わった。

「鷲津《ワシ》、ふざけるな。特捜指令を無視して、女と戯《たわむ》れてるんだなっ」

「そうじゃないって。女はドラッグの禁断症状と闘ってるんだよ」

「どういうことなんだ？　ちゃんと説明してくれ」

「そのうち話すよ。彼女の禁断状態が治《おさ》まったら、椎名の愛人だった詩織に会うつもりなんだ」

鷲津が早口で言い、通話を切り上げた。

──任務よりも私的なことを優先させるなんて、鷲津《ワシ》の奴、どうしようもないな。

荒巻は呆《あき》れながら、終了キーを押した。ほとんど同時に、着信ランプが瞬《また》いた。

電話をかけてきたのは、三上由里菜だった。新大阪テレビ報道部の美人記者だ。

「実はね、いま、青山《あおやま》にいるの。もし時間の都合《つごう》がついたら、どこかで会えないかしら？」

「弱ったな。いま、職務中なんだよ」

「そうなの。何時ごろになれば、体が空くのかな？　わたし、それまでどこかで時間を潰《つぶ》してる。なんだか無性《むしょう》に荒巻さんと会いたいの。三時間でも四時間でも待つわ。映画を観《み》て、ウインドーショッピングをすれば、そのぐらいの時間はすぐ経《た》つから」

由里菜が言った。平然とした喋《しゃべ》り方だったが、女心の切なさが伝わってきた。

鷲津は、まだ聞き込みに取りかかっていない。少しぐらいは、任務を怠《おこた》っても問題はないだろう。

「そんなに三上さんを待たせたら、罰《ばち》が当たるよ。表参道《おもてさんどう》駅のそばに『トリコロール』

ってカフェがあるから、そこで待っててくれないか」

「でも、職務中なんでしょ?」

「いいさ。規則は破るためにあるんだ」

「あら、鷲津さんが言いそうな台詞《せりふ》ね」

「あいつとは二十八年もの腐れ縁だから、感化されちゃったようだな。三十分以内には、指定した店に行けると思う」

「それなら、待ってるわ」

「なるべく早く行くよ」

荒巻は電話を切ると、覆面パトカーの屋根《ルーフ》に磁石式の回転灯を載せた。

サイレンを響かせながら、表参道に急ぐ。一般車輌を次々に追い抜くたびに、荒巻は何か後ろめたさを覚えた。それでも一刻も早く由里菜の顔を見たかった。

目的の場所に着いたのは、およそ十七分後だった。

荒巻はフーガを青山通りの路肩《ろかた》に寄せ、小粋な造りのカフェに入った。由里菜は中ほどの席で、カフェ・オ・レを飲んでいた。きょうも美しい。

「早かったのね」

「思いのほか車の流れがスムーズだったんだ。渋滞気味だったら、覆面パトカーのサイレンを鳴らすつもりだったんだけどね」

荒巻は澄ました顔で言い、由里菜の前に坐った。

「どのくらい一緒にいられるのかしら？　一時間ぐらい？　それとも、二時間ほど？」

「制限なんかないさ。職務は後回しにすることにしたんだ」

「なんで急に……」

「仕事に励むよりも、きみと一緒に過ごしたほうが人生が豊かになるような気がしたんだ。ちょっと気障《きざ》だったかな？」

「ううん、あなたにはお似合いの台詞だったわ」

「いったん鎌倉の実家に寄ってから、こっちに来たんだよね？」

「京都からダイレクトに東京に来たの」

由里菜がかたわらの椅子《いす》の上に置いたトラベルバッグに目をやった。

「東京で取材があったわけだ？」

「そうじゃないの。明け方、あなたの夢を見たのよ。そのせいか、とっても荒巻さんに会いたくなったの」

「おれに会うためにわざわざ上京したのか」

「ええ、まあ。それに、久しぶりに東京の空気を吸いたい気分だったしね」

「そういうことなら、何時間でもつき合うよ」

荒巻は由里菜に言って、片手を大きく挙げた。ウェイトレスが足早に近づいてきた。

2

四輪駆動車のエンジンを切る。

鷲津は視線を伸ばした。

十数メートル先に、尾花詩織の自宅マンションが見える。世田谷区深沢《ふかさわ》の住宅街だ。

椎名の不倫相手だった大学講師が在宅することは、すでに偽電話で確認してあった。

午後三時過ぎだった。

鷲津は、助手席のサラを見た。背凭《せもた》れに上体を預け、目を閉じている。禁断症状は小《こ》一時間前に鎮《しず》まっていた。

しかし、いつまた〝エクスタシー〟を欲しがって、冷静さを失うかしれない。自分の弱さに負ければ、サラは権藤の許《もと》に戻ってしまうだろう。

叶《かな》うものなら、ずっと彼女のそばにいてやりたかった。だが、相棒の荒巻はとうに特捜任務に携《たずさ》わりはじめている。自分も捜査に取りかからなければならない。

鷲津は腰の後ろに手を回し、手錠を引き抜いた。片方をサラの右手首に嵌《は》め、もう一方の手錠を覆面パトカーのハンドルに掛ける。

惨《むご》いようだが、仕方ない。

「なんの真似《まね》なの⁉」

サラが驚きの声を洩《も》らした。円《つぶ》らな青い瞳には、怒りの色が宿《やど》っている。

「別に逮捕したわけじゃない。おれが聞き込みをしてる間に、サラに逃げられたくないんだよ」

「わたし、逃げないわ。あなたが戻ってくるまで、この車の中でじっと待ってる。だから、手錠を外して」

「熱い風呂に何回も入ることが苦痛になって、そっちはウィークリーマンションの部屋から逃げ出そうとした」

「辛《つら》かったから、つい……」

「禁断症状に耐え抜かなかったら、結局、ドラッグ欲しさに権藤の許《もと》に戻ることになるんだ」

「わたし、絶対に彼のとこには戻らない。ね、わたしを信用して!」

「なるべく早く戻ってくる」

鷲津は覆面パトカーを降り、詩織の住むマンションに足を向けた。

『深沢レジデンス』という名で、南欧風の造りだった。屋根瓦はオレンジ色で、純白の外壁は殴り仕上げだ。九階建てだった。

出入口は、オートロック・システムにはなっていない。常駐の管理人の姿も見当たらなかった。鷲津はエントランスロビーを進み、エレベーターに乗り込んだ。

詩織の部屋は七〇二号室だった。

函《ケージ》が七階で停止した。鷲津はエレベーターホールから歩廊《ほろう》に回った。いくらも歩かないうちに、七〇二号室に達した。

鷲津は表札を仰《あお》いだ。

尾花という姓だけが掲《かか》げてあった。インターフォンを鳴らす。

ややあって、女の声で応答があった。

「どちらさまでしょう?」

「警視庁の者だ。成城の一家皆殺し事件のことで、ちょっと訊《き》きたいことがあるんだよ」

鷲津は小声で告げた。口調がぞんざいなのは、子供のころからだった。

別にキャリアだから、横柄な口を利くわけではない。目上の者に対しても、めったに敬語は使わなかった。

「あのう、その事件のことでは一年三カ月前に成城署と警視庁捜査一課の方たちにいろいろお話ししましたけど」

「再捜査することになったんだ」

「そうなんですか。わかりました。いま、ドアを開けます」

会話が途切《とぎ》れた。

待つほどもなくオフホワイトのスチール・ドアが開けられた。姿を見せた詩織は、捜査資料の写真よりも美しかった。

「失礼するよ」

鷲津は玄関に身を滑り込ませ、手早く後ろ手でドアを閉めた。詩織は玄関マットの上に立った。セーター姿だ。下はジーンズだった。

「妻子と一緒に自宅で何者かに惨殺された椎名譲とは親密な間柄だったんだね？」

「はい。丸二年以上のおつき合いでした」

「椎名は、そっちを単なる浮気相手と思ってたんだろうか」

「そんなことはないと思います。現に椎名先生は折を見て、奥さんと離婚してくれると言ってたんです」

「その言葉を信じてたのか、小娘みたいに。妻子持ちが不倫するときは、たいてい相手の女に気を持たせるもんさ」

「彼は、椎名先生は誠実な男性でした。わたしとの恋愛は本気だったはずです」

「しかし、椎名は妻と別れなかった」

「先生は奥さんの加奈さんとは気持ちが寄り添わなくなったと常々、言ってました。でも、ひとり息子には愛情を注《そそ》いでたんです。それに、彼は離婚によって、自分のイメージがダウンすることを恐れていたんでしょうね。テレビのコメンテーターとして、女性の視聴者にとても人気がありましたから。大学の教え子の女の子たちにもファンは大勢いたんです」

「マスコミ文化人がイメージを大事にしたい気持ちはわかるよ。しかし、そういう損得勘定を抜きにしてもいいと思うのが恋愛なんじゃないのか?」

「つまり、椎名先生は本気でわたしを愛してたわけじゃなかったと……」

「少しは惚《ほ》れてたんだろうな。そっちは美人だし、大学の語学講師だからさ。しかし、妻子を棄《す》てて、そっちとやり直したいと思ってたわけじゃなかったんだろう」

「何を根拠に、そこまで言い切れるんです?」

　詩織が挑《いど》むように問いかけてきた。

「人間は本気で誰かに惚れたら、狂うもんさ。世間体、打算、思惑《おもわく》なんか気にしないで、とにかく相手を独占したくなるもんだよ。そこまで気持ちが高まってないから、椎名は妻子を棄《す》てられなかったんだろう」

「椎名先生は、著名人だったんです。勤め人や自営業者みたいに情熱だけで突っ走るわけにはいかなかったんだと思います」

「優柔不断だった椎名を庇《かば》うのか。そっちは、不倫相手にとことんのめり込んでたんだろうな。なんか切ないね」

「ええ、彼はこの世で最も大切な男性でした」

「捜査本部の調べによると、そっちは椎名に何度も妻との離婚を迫ったらしいね？」

「二回だけです」

「そうなのか。椎名は、そのうち必ず妻とは別れると言ったわけだ？」

「ええ、まあ」

「しかし、なかなか離婚はしてくれなかった。いくら好きになった相手でも、煮え切らない態度をとられつづけたら、愛情が憎しみに変わることもあるだろうな」

「刑事さん、はっきりと言ってください。わたしが椎名先生の一家を殺害したと疑ってるんですか？」

「そこまでは言ってない。しかし、事件当夜、そっちが自宅で翻訳の仕事をしてたという供述の裏付けが取れたわけじゃないんだ。この部屋に電灯が点《つ》いてたことは、マンションの居住者が証言してるがね。しかし、それだけでは在宅したとは立証されない」

「事件のあった晩、わたしはここで翻訳の仕事をしてました。部屋から一歩も出ないで、ずっと机に向かってたんです」

「その間、誰も訪ねてこなかったし、携帯の着信もなかったんだね？」

「ええ、そうです。こんなふうに疑われるんだったら、誰か知り合いに電話をかければよかったわ。そうしてれば、発信履歴《りれき》が残りますからね」

「仮にそっちが事件に関与してるとしても、実行犯とは思ってない。遺留品や犯行の手口で、男の凶行とわかるからな」

「わたしが第三者に殺人を依頼したとでも……」

「その可能性がまったくないとは言えないよな？　そっちは椎名の二度目の妻になることを強く望んでた。しかし、椎名は妻と別れる様子を見せなかった。焦《じ》れたそっちが、いっそ不倫相手を家族ごと亡《な》き者にしたいと考えても、別に不思議はないんじゃないのかな」

鷲津は、わざと意地の悪い言い方をした。相手の反応を探《さぐ》るためだった。

「仮にわたしが誰かに殺人を依頼したとすれば、椎名先生の命だけを奪わせると思います。奥さんや息子さんには恨みがあるわけじゃありませんから」

「なるほど」

「わたしが人殺しを他人《ひと》に頼んだとしたら、もうこの世にいないでしょう。椎名先生が死んだことを確認したら、わたしは自殺するでしょうからね」

「椎名の急死を知って、そっちは流産したんだって？」

「ええ、そうです。お腹の子が流れてしまったんで、わたしは絶望的な気持ちになりました。先生と自分を繋ぐものが何もなくなってしまったと感じて、とっても厭世《えんせい》的な気分になったんですよ。それで毒物をネットで手に入れて、死のうと思ったんです。だけど、思い留《とど》まったんです」

「思い留まった理由《わけ》は？」

「ある夜、殺された椎名先生がわたしの夢の中に出てきたんです。そして、彼は自分はきみの心の中に棲《す》んでるんだから、命を粗末にしないでほしいと言ったんです」

「安っぽい恋愛小説みたいだな」

「そう思ってもらってもかまいません。でも、いま話したことは嘘《うそ》なんかじゃないんです。死んだ先生は、わたしのことを案じてくれてたんでしょう」

「完全にのろけ話だな」

「なんとでも言ってください。先生とわたしは互いを必要としてたんです。そんな二人が相手を亡き者にしたいと思うわけないじゃありませんかっ」

詩織が言い放ち、下唇を噛《か》んだ。その目は潤《うる》みかけていた。

鷲津は胸を衝《つ》かれて、少しうろたえた。

「ちょっと意地の悪い言い方をしたよな。悪かった。泣かないでくれ」

「警察は、先生の奥さんの私生活のことも調べたんでしょ？　男性関係のことを……」

「椎名加奈も浮気をしてたのか!?」

「それが事実なのかどうかわかりませんけど、先生は確信に満ちた口調で、そう言ってました。調査会社に奥さんの素行を調べさせたのかもしれませんね」

「三十六歳で殺された椎名夫人は独身のころ、雑誌社に勤めてたんだっけな？」

「ええ、そうです。大手出版の文英社で、主に月刊誌の編集に携《たずさ》わってたようです。椎名先生の話だと、奥さんが密会を重ねてた男性はフリーライターだということでした。さすがに相手の名前までは教えてくれませんでしたけど」

「夫婦はダブル不倫してたのか。それなら、椎名譲はいずれ妻と別れ、そっちと再婚する気だったのかもしれないな」

「先生は、そのつもりだったんだと思います。だけど、わたしは一日も早くけじめをつけてほしくて、二度も強く離婚を迫ってしまったんです。そのため、先生を心理的に追い込んでしまったにちがいありません。もどかしがらずに、じっと待つべきでした」

「椎名加奈も不倫してたことを彼女の親兄弟や友人は知ってたんだろうか」

「その点については、わたし、何もわかりません。奥さんの母親あたりは、うすうす勘づいてたんじゃないかしら？　わたしの母も、娘が妻子のいる男性と親密になったことを敏感に覚《さと》りましたから」

「そうか。それじゃ、後で加奈の実家に行ってみよう。それはそうと、椎名はフリーターの菊間利文という奴に盗用の件で、金を強請《ゆす》られたようだね？」

「そうみたいですね」

詩織がうつむいた。惚れた男がアメリカの社会学者の著作から無断引用したことを恥ずかしく感じているのだろう。その点については、軽蔑《けいべつ》していたのかもしれない。

しかし、そのことを公言したら、椎名は名声を失うことになる。それで、詩織は所轄署の刑事たちに詳しいことは明かさなかったのだろう。

「菊間は警察の取調べに対して、資料集めの報酬を椎名から貰《もら》ったと供述してるが、事実はそうじゃないんだね？」

「わたしは先生から、無断引用のことを恐喝材料にされ、菊間から百万円の口止め料を二度にわたって脅し取られたと聞きました。その後も、無心されつづけたようです」

「総額で四、五百万円は、菊間に渡したんだろうか」

「そのあたりのことはよくわかりません。ただ、先生が脅迫者の菊間を忌《い》み嫌ってたことは確かです。それから、なんとか手を打たないと、身の破滅だとも洩《も》らしてました」

「菊間は味をしめて、一千万とか二千万の口止め料を椎名に要求してたのかもしれないな。しかし、椎名は菊間の要求を突っ撥《ぱ》ねた。それで、菊間が逆上して椎名一家の三人を殺《や》った可能性もなくはない」

「そうなんでしょうか。わたしは菊間よりも、椎名先生の奥さんの浮気相手が怪しいと思ってるんですよ。加奈さんとは一度も会ったことはありませんでしたが、写真を見ると、魅力的な女性です。人妻の色気を漂わせてる感じだったから、火遊びの相手が加奈さんに夢中になった可能性もあるんじゃないかしら？」

「女擦《ず》れしてない男なら、人妻を独り占めしたくなるかもしれないな。しかし、四歳の息子までいる加奈が夫と別れるとは考えにくい」

「ええ、そうですね。だから、加奈さんの浮気相手が逆上して、残忍な犯行に及んだかもしれないと思ったんです」

「そうだとしたら、そいつはよっぽど恋愛経験が少ないな。いろんな女と交際すれば、もっと相手のことを冷静に見られるからね。女特有の狡《ずる》さや愚《おろ》かさを知れば、無鉄砲なのめり方はしないもんさ」

「そうでしょうね。奥さんがつき合っていた男性は、年下のフリーライターだったんじゃないのかしら?」

「ああ、考えられるね。参考になる話を聞けて、よかったよ。ありがとう」

鷲津は礼を言って、慌《あわ》ただしく七〇二号室を出た。エレベーターに乗り込み、すぐさま階下に下《くだ》る。

鷲津は『深沢レジデンス』を出て、ジープ・チェロキーに駆け寄った。サラは頭をヘッドレストに密着させ、瞼《まぶた》を閉じていた。

鷲津は運転席に入ると、まずサラの右手首の手錠を外した。

「悪かったな」

「ううん、気にしないで。あなたはわたしのことを思って、車から出られないようにしたんだから」

サラが犒《ねぎら》うような口調で言って、鷲津の首筋を撫《な》でた。彼女の指先は、ひどく冷たかった。顔からも血の気が失《う》せている。

「寒いのか?」

「うん、少しね」

「ウィークリーマンションに戻って、熱い風呂に入るか？」

「まだ聞き込みが終わってないんでしょ？」

「ああ、もう少し回りたいとこがあるんだ」

「わたしのことは大丈夫よ。ただ、もうちょっとヒーターを強めてほしいの」

「わかった」

鷲津は車内の温度を高め、覆面パトカーを発進させた。

めざしたのは、椎名の亡妻の実家だった。捜査資料によれば、加奈の生まれ育った家は杉並《すぎなみ》区下高井戸《しもたかいど》にあるはずだ。彼女の旧姓は水沼《みずぬま》だった。

目的の家を探し当てたのは、およそ二十五分後である。

水沼宅は、閑静な住宅街の一角にあった。

鷲津はジープ・チェロキーを水沼宅の門扉《もんぴ》の真ん前に停めた。すると、サラが黙って右手を宙に浮かせた。

「すぐに戻ってくるから、手錠は掛けないよ」

「いいの？」

「サラは、おれを裏切らないと信じてる」

鷲津は車を降り、水沼家の門柱の前まで歩いた。

インターフォンのボタンを押すと、年配の女性の声で応答があった。鷲津は身分を明かし、来意も伝えた。

「わたし、加奈の母親です。いま、そちらにうかがいます」

スピーカーが沈黙した。

数分待つと、玄関から白髪《しらが》混じりの六十年配の女性が現われた。鷲津は門扉《もんぴ》越しに声をかけた。

「水沼弥生《やよい》さんですね？」

「ええ、そうです。娘一家が殺害されて、もう一年三カ月も過ぎてるんですよ。警察の方たちは、いったい何をしてるのかしら！」

「捜査当局は力を尽《つ》くしてるんだが、なかなか結果が出ないんですよ」

「しっかりしてほしいわね」

「これまでの捜査で、意外なことがわかったんです。あなたの娘さんは、どうも不倫してたようなんだな。相手はフリーライターらしいんだが……」

「失礼なことを言わないでちょうだいっ。殺された加奈は主婦だったんですよ。立派な夫がいて、かわいい息子もいたんです。いろんな面で恵まれてた娘が、なんで浮気なんかしなければならないんですっ。どこの誰がそんなデマを飛ばしたのか知りませんが、悪質だわね」

「確かに娘さんは著名人の妻で、経済的には豊かだったでしょう。しかし、夫婦仲は冷えてたんじゃないのかな？　亡くなった娘さんから、椎名譲の女性関係のことは聞いてたでしょ？」

「譲さんの熱狂的なファンがいるという話は、加奈から聞いた記憶があるわ。でもね、不倫の間柄じゃなかったはずよ」

水沼弥生が言った。

「お母さんはそう思いたいだろうが、われわれは椎名譲に愛人がいた事実を知ってるんだよな」

「だったら、最初っから、そう言いなさいよ。人が悪いわね」

「夫に愛人がいたら、女房も憂《う》さ晴らしに浮気の一つもしたくなるでしょ？　お母さん、加奈さんの浮気相手のことも聞いてたんじゃない？」

「わたしは知りませんよ。娘は人妻であり、母親でもあったんです。たとえ誰かと浮気してたとしても、そのことを親のわたしに教えるわけないでしょ！　あなた、そんなこともわからないようじゃ、偉くなれないわよ。まだ警部補か、巡査部長なんでしょ？」

「一応、警視正なんだよね」

「ということは、有資格者《キャリア》さんなの⁉」

「まあね。そんなことよりも、正直に話してくれないかな？」

「相手が警察官僚でも、知らないものは知らないとしか言えないわ。わたし、忙しいのよ。これで、失礼させてもらうわ」

「お母さん、ちょっと待ってくれないか」

鷲津は引き留《と》めた。だが、加奈の母親はさっさと家の中に引っ込んでしまった。鷲津は苦笑して、四輪駆動車の中に戻った。

「収穫はなかったみたいね」

サラの声には、同情が込められていた。

「もう一カ所、行きたいんだが、もう疲れたかい？　それなら、いったんウィークリーマンションに引き返すよ」

「まだ平気よ。ひとりで部屋にいると、〝エクスタシー〟が欲しくなりそうだから、あなたと一緒のほうがいいわ」

「それじゃ、もう少しつき合ってもらおう」

鷲津はイグニッションキーを回し、覆面パトカーを下北沢《しもきたざわ》に向けた。フリーターの菊間利文の自宅アパートは、茶沢《ちゃざわ》通りから少し奥に入った場所にあるようだ。

そのアパートに着いたのは、およそ三十分後だった。

鷲津はサラを車の中で待たせ、老朽化した木造アパートの敷地に足を踏み入れた。菊間の部屋は一〇五号室だった。一階の奥の角部屋だ。

鷲津はドアをノックした。

しかし、なんの返事もない。ドアに耳を押し当てる。室内に人のいる気配は伝わってこなかった。どうやら留守のようだ。

車を人目のつかない場所に移動させて、少し張り込んでみることにした。

鷲津は一〇五号室から離れた。

3

潮風は尖《とが》っている。

だが、それほど寒くは感じない。

荒巻は、湾内巡航船の甲板《デッキ》で三上由里菜と沈みかけた夕陽を眺めていた。

白とマリンブルーに塗り分けられた大型クルーザーは、羽田《はねだ》沖をゆっくりと航行中だった。竹芝桟橋《たけしばさんばし》を出航した船は一時間ほどかけて東京湾内を巡《めぐ》り、帰港することになっていた。サンセットクルージング・コースだ。

二人は表参道のカフェで一時間半ほど過ごし、ウォーターフロント・ベイエリアにやってきたのである。

多国籍料理店で軽食を摂《と》っている最中に突然、由里菜がサンセットクルージングを愉《たの》しみたいと言いだした。それで、二人はこの巡航船に乗り込んだわけだ。

「昼間見る東京湾は汚いが、夕陽に染まると、案外、きれいだね」

「ええ。完全に陽《ひ》が落ちると、夜景が美しいんじゃないかしら？」

「だろうね。それにしても、おれたちは酔狂《すいきょう》だな。春とは言っても、まだ寒い。デッキに出てるカップルは三、四組しかいないからね」

「迷惑だった？」

「いや、そんなことはないよ。きみと一緒にこうして夕陽を眺められるなんて、なんかロマンティックで心が浮き立つ」

「ほんとに？」

「ああ」

「いるの？」

由里菜が唐突《とうとつ》に訊《き》いた。

「え？」

「特定の彼女がいるかって訊いたのよ」

「そういうことか」

「当然、いるわよね。荒巻さんはイケメンだし、エリートだから」

「恋人と呼べるような女性はいないんだ。おれ、ちょっと変わってるらしいから、なかなか彼女ができないんだよ」

「どう変わってるの？」

「学生のころから、〝ハート美人〟にしか心惹《ひ》かれないんだよ。何人かにアタックしたことはあるんだが、ことごとくフラれちゃったんだ」

「あら、どうしてかしら？」

「よくわからないんだ。ただ、共通して同じことを言われたよ」

「なんて言われたの？」

「ブスだからって、簡単に口説《くど》けると思わないで。そんなふうに言われたな。こっちは男も女も外見よりも中身だと思ってるから、相手の容姿なんか気にならないんだけどね」

「あなた、いま言ったことは本心なの？」

「本心だよ。相棒の鷲津《ワシ》は、そんなことを言ってるおれを変人扱いしてるんだが、正直、そう思ってるんだ」

荒巻は力《りき》んで言った。

「あなたは変人なんかじゃないわ。まともな男性よ。女の顔やボディーに拘《こだわ》るような男は最低だわ。そういう連中は、女をペットかアクセサリーと考えてるのよ。要するに、そいつらは女性を見下《みくだ》してるわけ」

「そうなのかもしれないな」

「ええ、そうなのよ。だから、そういう男たちは女の外見を気にするの。わたし、そんな男たちは軽蔑してる。あくまでも大事なのは中身よ」

「同感だね」

「わたしたち、価値観が同じみたいね。ただ、荒巻さんよりも、わたしのほうが自我が強いみたいだけど」

「おれも、どちらかと言えば、自我は強いほうだよ」

「だったら、似た者同士なのかもね」

由里菜が言って、乱れた前髪を掻《か》き上げた。ぞくりとするほど色っぽい仕種《しぐさ》だった。

荒巻は、思わず由里菜の肩に腕を回しそうになった。しかし、衝動を抑《おさ》えた。

「わたしも、あまり恋愛運には恵まれてないわね。何人かの男性と交際したことはあるんだけど、すぐ幻滅《げんめつ》しちゃうの。本気で女のことを自分らと対等と思ってる男性じゃないとわかっちゃうからよ。わたしの外見や職業に興味を持っただけで、生き方そのものはどうでもいいと思ってることが透《す》けてきちゃうの。そうなったら、もう駄目ね。こっちも相手のことは、どうでもよくなっちゃうのよ。それに、わたしは思ったことをずばりと言っちゃうから、かわいげがないんでしょうね。それだから、半年以上つき合った男性はひとりもいないの」

「そうなのか。きみは、新しいタイプの女性だと思うな。といっても、昔のウーマンリブの活動家みたいに肩肘《かたひじ》張ってるわけじゃない。もちろん、ぎすぎすしたとこもないよ」

「わたし、誉《ほ》められてるのかな？」

「ああ。知り合って間《ま》もないせいか、好印象しかないね。もちろん完全無欠な人間なんて存在しないから、きみにも短所はあるんだろうけど」

「わたし、欠点だらけの女だと思うわ。だけど、なぜだか荒巻さんには自分の短所をあまり見せたくないと思いはじめてる。それは、多分、あなたを男性として意識しはじめてるからなんだろうな。それはともかく、あなたのことをもっと深く知りたいと思ってるの」

「おれも、きみのことをもっと知りたいな」

「それだったら、これからも会ってくれる？」

「こちらから、お願いしたいぐらいだよ」

「ありがとう」

由里菜が身を寄り添わせてきた。荒巻は短くためらってから、由里菜の肩を抱いた。

二人は黙って夕景を眺めつづけた。

湾内巡航船は横須賀《よこすか》沖で大きく迂回《うかい》し、内房《うちぼう》沿岸を進んだ。荒巻たちは船内に戻り、ドリンクバーに落ち着いた。

テーブル席でカクテルを飲んでいると、由里菜の携帯電話が鳴った。由里菜は荒巻に断ってから、携帯電話を耳に当てた。

発信者は彼女の母親のようだった。家族に不幸でもあったのだろうか。荒巻は煙草に火を点けた。

ふた口ほど喫《す》ったとき、由里菜が通話を切り上げた。

「お父さんが倒れたのかい？」

荒巻は先に口を切った。

「ううん、そうじゃないの。母からの電話だったんだけど、京都府立医大病院に入院中の叔父が数十分前に意識を取り戻したんだって」

「それはよかったな」

「ええ。両親は、これから京都に向かうらしいの。だから、わたしも鎌倉の実家には寄らずに京都に戻るわ」

「そうしたほうがいいな」

「こちらから呼び出しといて、ごめんなさいね。職務から解放されたら、一度、京都に遊びに来ない？　穴場に案内するわよ」

「そいつは楽しみだな」

「もっと荒巻さんと一緒にいたかったんだけど、仕方ないわね」

「また会えるさ」

「そうね。それはそうと、奇跡ってあるのね。わたし、叔父の室塚の意識が蘇《よみがえ》ることはないだろうと諦《あきら》めていたんだけど……」

「神さまが熱血ジャーナリストをいつまでも眠らせておいたら、日本はもっと堕落《だらく》してしまうと判断して、きみの叔父さんを目覚めさせたんだろう」

「そうなのかもしれないわね。新駅絡《がら》みの汚職の真相をわたしが暴《あば》いたと知ったら、叔父はびっくりすると思うわ」

「だろうね。叔父さん、姪《めい》がスクープできるようになるまで成長したことを喜んでくれると思うよ」

「わたしひとりの手柄じゃないわ。あなたと鷲津さんが極秘捜査をしてたから、わたしは大きな手がかりを得られただけ。実際に手柄を立てたのは、あなたたち二人よ」

「いや、きみが優秀だったのさ」

「あくまでも謙虚なのね、荒巻さんは。もっと好きになりそうだわ」

由里菜が熱のあるような目を向けてきた。

荒巻は、どぎまぎしてしまった。

それから十数分後、サンセットクルージングを終えた巡航船は定刻に竹芝桟橋に戻った。由里菜はタクシーで、東京駅に向かった。

荒巻は有料駐車場に預けてあった覆面パトカーに乗り込み、相棒の鷲津の携帯電話をコールした。

「何も連絡がなかったが、まだ任務に携わってないのか？」

「いや、もう聞き込みをはじめてる。詩織に会って、椎名加奈の実家にも行ったよ」

鷲津がそう前置きして、詳しいことを喋った。

「詩織は苦し紛《まぎ》れに椎名の妻も不倫してたなんて作り話を思いついたんじゃないのか？加奈の母親は、殺された娘が浮気してたことを認めなかったんだろう？」

「ああ、それはな。しかし、結婚してる女が仮に浮気してても、そのことを実母に教える馬鹿はいないさ」

「それはそうだろうが、椎名加奈には暁という息子がいたんだ。夫に愛人がいたことに腹を立てて、自分も不倫をしてしまったら、リスクが大きすぎる」

「浮気が発覚したら、椎名に離縁され、息子の親権も失うかもしれないからな」

「そうだよ。椎名はマスコミ文化人として知られた男だったから、自分のことは棚《たな》に上げて、妻の不倫は絶対に赦《ゆる》さなかったと思う。男のプライドがあるからな」

「その通りだろうが、椎名はイメージを大事にしてたにちがいない。女房が浮気してることがマスコミに知られたら、イメージダウンになるだろう？」

「ああ、それはな」

「それから椎名は、自分が不倫をしてることを加奈にすっぱ抜かれたくなかったはずだ。だから、妻が腹いせに誰かと浮気してても、咎《とが》めることはできなかったんじゃないか」

「しかし、加奈は四歳の坊やの母親だったんだぞ」

「子持ちでも、女は女さ。夫にかまってもらえなくなったら、寂しさから不倫する気になるかもしれない。まだ三十代の半《なか》ばだったんだから、男の肌が無性《むしょう》に恋しくなったりもしただろう」

「鷲津《ワシ》の発想は、なんか通俗的だな」

「おまえは真面目だから、まだ知らないかもしれないが、健康な男女は誰も好色なもんさ。その証拠に、いまも犯罪動機の一つに色欲《しきよく》が挙げられてる。人間なんて気取ってみても、所詮《しょせん》は動物的なものさ」

「人間の性欲を否定するつもりはないが、椎名加奈は母親だったんだ。四歳の息子のことを考えたら、浮気なんてできないと思うがな」

「荒巻《アラ》は、まだガキだな。人間の愚かさがまるでわかってない。どんなに教養のある理性的な人間も、時には感情に克《か》てなくなるもんさ。それは哀《かな》しいことだが、人間臭くもある。人生は、シナリオ通りには事が運ばないんだよ」

「それはわかるがな」

荒巻は、後《あと》の言葉がつづかなかった。職業柄、社会的地位のある男女が信じられない犯罪行為に走ったケースは数多く知っている。魔が差したということなのだろうが、にわかには信じられない事例も少なくない。

結局、人間は感情や情念に支配されているのか。理性や道徳心は、それほど脆《もろ》いものなのだろうか。そうだとしたら、人は獣と大差ないのかもしれない。

「おれの勘だと、椎名加奈には夫に内緒でつき合ってた男がいたな。詩織の話だと、相手はフリーライターらしいんだが……」

「確か椎名の妻は独身時代、文英社で雑誌の編集をしてたはずだ。うん、間違いないよ。捜査資料にそう書かれてた。鷲津《ワシ》、殺された加奈がフリーライターと不倫してたんだとしたら、その相手は文英社に出入りしてる男なんじゃないか。それも、独身時代から知ってる人物なんだろう」

「おれもそう思ったんで、さっき文英社に電話をしてみたんだ。しかし、旧姓水沼加奈が結婚前に親しくしてた男のフリーライターはいなかったよ。加奈は出版関係のパーティー会場で、謎の男と知り合ったんじゃないかな？」

「それで、椎名と結婚する前にその男とつき合ってた？」

「そうなのかもしれないぞ。しかし、二人はその後、別れてしまった。あるいは、加奈は結婚してから、昔の知り合いのフリーライターと街でばったり再会したのかもしれないな。そのとき、夫の椎名にはもう愛人の詩織がいた」

「夫に裏切られた加奈は心の渇《かわ》きを癒《いや》したくて、つい相手の誘いに乗ってしまった。それがきっかけで、不倫関係になったんだろうか」

「おおかた、そんなとこなんだろう。それはそうと、菊間利文はなかなか自宅アパートに戻ってこないんだ。悪いが、荒巻《アラ》、張り込みを交代してくれないか。ちょっと私的な用事ができたんだよ」

「鷲津《ワシ》、おまえは女のことで何かトラブルに巻き込まれてるな?」

「いや、別に」

「おれたちはコンビで超法規捜査をやってるんだ。相棒がプライベートなことで気を取られてたら、捜査活動に支障を来《きた》すじゃないか。隙《すき》だらけの鷲津《ワシ》が失敗《ドジ》を踏むだけじゃなく、下手したら、おれたちは二人とも殉職してしまうかもしれないんだぞ。鷲津《ワシ》、話してくれ」

「わかった。実は……」

鷲津が驚くべきことを打ち明けた。

「そのサラという白人女性を公的な薬物中毒者の更生施設に入れるべきだな」

「それはできない。そんなことをしたら、サラは前科者になってしまう」

「鷲津《ワシ》、どうかしてるぞ。サラ・ハミルトンは〝エクスタシー〟を常用してたんだ。れっきとした犯罪者じゃないか。東京入管に身柄を引き渡して、そのままアメリカに強制送還させてもいいんだが、それじゃ、おまえの立場がない。だから、公的施設に入れろと言ったんだ」

「サラが自分から錠剤型麻薬を欲《ほっ》したとは思えない。権藤に無理矢理に〝エクスタシー〟を服《の》まされてるうちに、中毒になってしまったにちがいないよ。サラは、ある意味では犯罪の被害者なんだ。だから、おれは彼女を犯罪者にはしたくないんだよ」

「意志が強ければ、〝エクスタシー〟を服むことは拒《こば》めたはずだ。しかし、サラは脅迫に屈《くっ》して、錠剤を服んでしまった。彼女にも、罪はあるさ」

「サラは女なんだ。しかも権藤は、やくざなんだぞ。とことん〝エクスタシー〟を撥《は》ねつけることなんかできるわけないじゃないかっ。おまえ、いつから冷たい人間になったんだ！」

「鷲津《ワシ》、もう少し冷静になれよ。罪は罪さ。そっちはサラに惚れてしまったんだろうが、おれたちは警察官なんだ。すべてに目をつぶってやることはできない」

「もういい！　サラのことは忘れてくれ。特捜指令はちゃんと遂行《すいこう》するよ。ただ、いまだけは張り込みを代わってほしいんだ」

「サラの禁断症状がひどくなったんだな？」

「そうなんだ。熱めの風呂に入れて多量の汗をかかせれば、少し禁断症状が和《やわ》らぐんだよ」

「そんなのは気休めさ。ちゃんとした更生施設に入れて、治療を受けさせるべきだな」

「それは、おれがいずれ判断する。とにかく、下北沢の菊間の自宅アパートに来てくれ。捜査資料に目を通してるんだから、所在地はわかるよな？」

「ああ。いま竹芝にいるから、四、五十分はかかるかもしれない」

「とにかく、待ってるよ」

「できるだけ早く行く」

荒巻は携帯電話の終了キーを押した。そのすぐ後、妹の綾香から電話がかかってきた。

「いまね、本格的なパエリアを作ってるの。兄さん、鷲津さんを誘って実家《こっち》に顔を出してよ。わたしが料理上手だと知ったら、鷲津さんも少しは見直してくれると思うの」

「あいつのどこがいいんだ？」

「何もかもね。ルックスは最高だし、頭もシャープだし」

「しかし、鷲《ワ》津《シ》は女好きだぞ」

「女性たちが放っておかないんだと思うわ。それだけ鷲津さんには魅力があるもの。危険な香りを漂わせてるけど、優しさも秘めてる。そこがいいのよ」

「綾香は一方的に熱を上げてるが、あいつは大人の女にしか興味がないんだ。悪いことは言わないから、鷲津のことはもう諦《あきら》めろ」

「そんなことできないわ。そのうちわたし、絶対に彼を振り向かせてやる。それはそれとして、彼と一緒に来てくれるでしょ？」

「無理だ。いまは二人とも職務で忙しいんだ。パエリアは母さんと父さんに試食してもらえよ」

「薄情な兄貴ね」

「なんと言われようと、無理なものは無理だ。それじゃな！」

荒巻は電話を切り、フーガのエンジンを唸《うな》らせた。

4

寝息は規則正しかった。

ようやくサラは寝入ったようだ。鷲津は、ひとまず安堵《あんど》した。ウィークリーマンションの一室だ。

鷲津は相棒に張り込みを交代してもらうと、サラをここに連れ帰った。

そのすぐ後《あと》、彼女は強い禁断症状を見せた。泣き喚《わめ》き、床をのたうち回った。焦点の定まらない目で鷲津を睨《ね》めつけ、手にも嚙《か》みついた。

さらにサラは素っ裸になると、自ら痴態《ちたい》を晒《さら》した。性感帯に指を這《は》わせ、なまめかしい呻きを洩らしたりもした。

薬物が切れるたびに、サラは権藤に恥辱的《ちじょくてき》な行為を強《し》いられていたのだろう。それが習慣化し、条件反射的に淫《みだ》らな真似をしたにちがいない。

鷲津は憐《あわ》れさを覚えたが、サラには何も言わなかった。熱めの湯に浸《つ》からせ、彼女に強力な睡眠導入剤を服《の》ませた。十五分ほど経過すると、サラは眠りに落ちた。
四、五時間は熟睡するだろう。
鷲津は室内灯をスモールライトに切り換え、そっと部屋を出た。午後九時過ぎだった。

ジープ・チェロキーに乗り込み、下北沢に向かう。相棒ひとりに張り込みを任せることに気が引けたのである。

四十分ほどで、菊間の自宅アパートに着いた。

荒巻のフーガは、アパートの数十メートル手前の路上に駐《と》められている。鷲津はフーガの真後ろに四輪駆動車を停め、すぐさま運転席から腰を浮かせた。

荒巻が覆面パトカーから降り、大股《おおまた》で歩み寄ってきた。

「わざわざ戻ってくることはなかったのに。サラのそばにいてやれよ」

「深い眠りに入ったのを見届けてから、こっちに来たんだ。ところで、菊間はまだ帰宅してないんだな？」

「ああ。一〇五号室は真っ暗だし、物音一つ聞こえない。鷲津《ワシ》、ひょっとしたら、菊間は飛んだんじゃないのか？」

「いや、高飛びはしてないだろう。自分が捜査当局にマークされてると感じてたら、とっくに逃亡を図ってるさ」

「そうか、そうだよな」

「そのうち、菊間は戻ってくるさ。フリーターが帰宅したら、少し痛めつけてみよう」

「初めっから、そうするのはまずいよ。おれたちは現職刑事なんだからさ。できるだけ合法捜査を心掛けるべきだな」

「まだそんなことを言ってるのかっ。おれたちは超法規捜査を認められてるんだぞ。真っ当な事情聴取なんて、まどろっこしい。少しでも怪しい奴は遠慮なく締め上げて、事件を一日でも早く解決すべきだよ。それがおれたちに与えられた指令じゃないか」

　鷲津は言った。

「そうなんだが、相手が重要参考人と決まったわけじゃない。荒っぽい方法で追い込むのは、やりすぎだよ」

「優等生ぶるのも、いい加減にしろ。おれたちは非合法捜査官なんだ。いちいち法律やモラルを気にしてたら、逆に殺《や》られるかもしれないんだぞ。おれは小悪党どもに逆襲されて、殉職なんかしたくない」

「アウトロー体質の鷲津《ワシ》とおれは違うんだよ。どんな犯罪者にも、少しは善人の要素があると思うんだ。だから、根気強く追い詰めていけば、必ず良心が頭をもたげると信じてる」

「甘いな、甘すぎる。おまえみたいな中途半端な奴と組んでたら、いつかおれは誰かに殺されるだろう。荒巻《アラ》、もっと非情になれよ。おれたちは大悪党をやっつけるためには、鬼にも獣にもならなきゃいけないんだ。ヒューマニズムなんか棄《す》てろ」

「おれは処刑戦士でも殺人マシンでもない。人間らしさを棄てる気はないよ」

「だったら、コンビは解消だな。そっちは、北新宿の塒《ねぐら》に帰って寝ろや。菊間はおれひとりで締め上げる」

「鷲津《ワシ》、思い上がるな。おまえは、おれの上司じゃない。ただの相棒じゃないか。偉そうなことを言うなっ」

荒巻が吼《ほ》え、ボディーブロウを放ってきた。

鷲津は胃《ストマック》をもろに打たれ、前屈《かが》みになった。そのとき、アッパーカットが顎《あご》にヒットした。鷲津は大きくのけ反《ぞ》り、尻餅《しりもち》をついてしまった。

荒巻が踏み込んでくる。

鷲津はのしかかってきた荒巻を足で蹴り倒して、敏捷《びんしょう》に身を起こした。荒巻の腰を蹴りつけ、襟首《えりくび》を摑んで引き起こす。

その直後、懐中電灯の光が荒巻の顔面に当てられた。

鷲津は振り返った。斜め後ろに、初老の制服警官が立っていた。片手で白い自転車のハンドルを握っている。

「いい年齢《とし》して、取っ組み合いの喧嘩かね。二人とも、ちょっと飲みすぎたようだな？」

「ご苦労さまです。われわれは、ふざけ合ってたんですよ」

荒巻が言い繕《つくろ》った。

「嘘をついちゃ、いかんな。お巡りさんは一部始終、見てたんだよ。あんた方は何か烈《はげ》しく言い争ってた。先に手を出したのは、あんたのほうだった」

「全部、見られてたんですか」

「二人とも離れなさい」

制服警官が言った。鷲津は苦く笑って、荒巻から離れた。

「どちらも身分を証明するものを何か持ってるね？　運転免許証か、会社の身分証明書を見せてくれないか」

「おれたちは、おたくと同業なんだよ」

「そういう冗談はよくないな」

警官が真顔《まがお》で叱《しか》った。鷲津は、懐から警察手帳を取り出した。警官が懐中電灯の光を押し開いた警察手帳に当てる。

「よくできた模造品だね。どこのポリスグッズの店で買ったんだい？」

「それも、これも本物なんですよ」

荒巻が言いながら、自分の警察手帳を呈示した。

「お二人とも、本庁の方だったんですか⁉　大変、失礼しました。てっきり酔っ払い同士が喧嘩してると思ったもんですから」

「相棒とは幼稚園のころからの腐れ縁でね、よく喧嘩をしてるんですよ。しかし、一種のじゃれ合いですから、ご心配なく」

「そうでしたか。ここで、張り込みか何かをされてたんですか？」

「いや、ちょっとした地取り捜査です」

「何か本官にお手伝いできることがありましたら、なんでもお申しつけてください。桜田門の方たちのお役に立てれば、光栄ですんで」

「もう地取りは終わったんですよ」

「そうでしたか。それでは、本官は失礼させてもらいます」
五十七、八歳の警官は鷲津たち二人に最敬礼すると、自転車のサドルに跨《また》がった。
「鷲津《ワシ》、どうする？　喧嘩を再開したいんだったら、相手になるぞ」

「水が入ったんで、もうシラけちゃったよ。フーガを前に出してくれ」

「わかった」

荒巻が覆面パトカーに乗り込んだ。車を二十メートルほど前方に移動させる。鷲津もジープ・チェロキーの中に戻り、煙草に火を点けた。

菊間が帰宅したのは、午後十一時過ぎだった。

相棒の荒巻が先にフーガから出て、菊間に声をかけた。鷲津も四輪駆動車を降りた。

ちょうどそのとき、菊間の手許から乳白色の噴霧《ふんむ》が迸《ほとばし》った。握っているのは、催涙スプレーだろう。

荒巻が両眼を手で覆《おお》い、棒立ちになった。

菊間が身を翻《ひるがえ》し、勢いよく駆けはじめた。

「鷲津《ワシ》、追ってくれ」

荒巻が大声で叫んだ。鷲津はすぐさま菊間を追った。

菊間は路地に走り入り、裏通りを幾度《いくど》も折れた。鷲津は一度だけ菊間を見失いそうになったが、追跡しつづけた。

やがて、菊間は住宅街の外れにある神社の境内《けいだい》に駆け込んだ。

参道の奥に神殿《しんでん》が見えるが、社務所《しゃむしょ》はなかった。

鷲津は石畳の脇の土を踏みながら、慎重に奥に進んだ。歩《ほ》を運びながら、闇《やみ》を透《す》かして見る。

動く人影は目に留《と》まらない。どうやら菊間は、暗がりに身を潜《ひそ》めているようだ。

参道の端の杉の大木に差しかかったとき、暗がりから噴霧が撒《ま》かれた。とっさに鷲津は目を細め、姿勢を低くした。

杉の大木の向こうに、菊間がいた。

「警視庁の者だ。菊間、もう観念しろ！」

「おれは何も悪いことなんかしてない」

「椎名譲の弱みを材料《ネタ》にして、おまえは口止め料をせしめただろうがっ」

「なんの話だか見当がつかないな」

「とぼけやがって。おまえは、椎名がアメリカ人社会学者の著作の一部を無断引用したことを知って、口止め料を脅し取ったんだろ？」

「成城署の刑事が何を言ったか知らないが、おれは椎名の資料集めをしただけだ。それで、百万ちょっとの謝礼を貰ったんだよ。恐喝なんかしてない！　そのとき、おれが書いた領収証を捜査本部は椎名家から捜査資料として持ち帰ったはずだ。事情聴取を受けたとき、刑事にその領収証を見せられたからな」

「疚《やま》しさがないんだったら、何も逃げることはないじゃないか。おれの相棒に催涙スプレーを吹きかけたのは、危《ヤバ》いことをしたからなんだろっ」

「そうじゃないって」

「とにかく、催涙スプレーを捨てろ。言う通りにしたら、公務執行妨害罪には目をつぶってやる」

鷲津は言いながら、間合《まあ》いを目で測《はか》った。

杉の大木まで三メートルほどしか離れていない。踏み込めば、菊間に組みつけそうだ。できることなら、もう五十センチあまり距離を縮めたい。

数歩前に出たとき、催涙スプレーが噴射音を響かせた。あたりが白く塗り潰《つぶ》される。

鷲津は横に跳《と》んだ。

そのとき、石畳と地面の段差に足を取られた。鷲津は横倒れに転がった。

「おれは無実だ」

菊間が怒声を張り上げ、接近してきた。催涙スプレーは胸の高さに掲《かか》げられている。

鷲津は横たわったまま、横蹴りを放った。靴の先が菊間の向こう臑《ずね》に触れたが、相手は倒れなかった。

「もう一度、喰《くら》え！」

菊間が催涙スプレーのボタンを押した。

鷲津は目をつぶり、横に転がった。菊間が神殿のある方向に走っていく足音が耳に届いた。

鷲津は瞼《まぶた》を閉じた状態で、身を起こした。そのまま噴霧を掻《か》い潜《くぐ》り、社《やしろ》に向かう。ほどなく神殿に達した。菊間は近くの暗がりに隠れているようだが、呼気《こき》さえ聞こえない。

鷲津は石の階《きざはし》に近づき、神殿の下に目を凝《こ》らした。

だが、無人だった。鷲津は神殿を回り込み、裏手に回った。しかし、菊間はどこにも身を潜《ひそ》めていなかった。

裏の住宅の庭を横切って、向こうの通りに逃《のが》れてしまったのか。

鷲津は、また暗がりに目をやった。その直後、樫《かし》の大木の太い枝が揺れた。次の瞬間、黒っぽい塊《かたまり》が舞った。菊間だった。

鷲津は組みつかれ、菊間とともに境内の地べたに倒れた。菊間が鷲津の首に両手を掛けようとした。

鷲津は裏拳を菊間の顎にぶち込んだ。菊間が呻いて、反り身になる。鷲津は菊間を撥《は》ねのけ、すっくと立ち上がった。

菊間が這《は》って逃げる。

鷲津は踏み込み、菊間の腹を蹴り上げた。菊間が唸《うな》って、地面に伸びた。鷲津は回り込んで、菊間の側頭部を二度蹴りつけた。

耳のすぐ上だった。急所である。菊間が体を丸め、苦しげに喘《あえ》ぐ。

「おまえが素直になるまで、サッカーボールのように蹴りまくってやる」

「刑事がこんなことをやってもいいのかよっ。これじゃ、やくざみたいじゃないか」

「おれたちは並の刑事じゃないんだ。その気になれば、おまえを射殺もできるんだよ」

鷲津は言って、ベルトの下からロシア製のサイレンサー・ピストルを引き抜いた。

マカロフPbだ。ロシアの特殊部隊員《スペツナズ》たちが使っている特殊拳銃である。銃身と消音器は一体化されている。

「そ、それ、変わったピストルだな。刑事はシグ・ザウエルP230か、ニューナンブM60を携行してると思ってたが……」

「おれたちは特捜刑事なんだ。超法規捜査官なんだよ。おまえが正直にならなきゃ、銃弾を撃ち込むぞ」

「そ、そんな脅しにビビるかっ」

菊間が虚勢を張った。その声は震えを帯びていた。

鷲津は冷笑し、スライドを滑らせた。初弾が薬室に送り込まれた。後は引き金を絞るだけで、弾《たま》が飛び出す。発射音は小さい。空気が洩れる音がするきりだ。

「無断引用の件で、椎名から口止め料を脅し取ったな。総額で、いくらせしめたんだ?」

「同じことを何度も言わせないでくれ」

菊間がうっとうしげに言った。

鷲津は、無造作にマカロフPbの引き金を指で手繰《たぐ》った。放った銃弾は菊間の顔の近くに被弾し、土塊《つちくれ》が飛び散った。

菊間が悲鳴をあげ、一段と体を丸めた。

「次は腕か、脚《あし》を撃つ。奥歯を強く嚙みしめてろ」

「もうやめてくれーっ」

「そうはいかない。どっちがいい? 先に腕を撃ってやるか」

「話すよ。だから、もう撃たないでくれ」

「椎名から、いくら脅し取ったんだ?」

「総額で三百二十万円だよ」

「やっぱり、そうだったか。その後、おまえはまとまった口止め料を要求したんじゃないのか？」

「うーん」

「それじゃ、答えになってない。左腕から狙ってやろう」

「やめろ、撃たないでくれ！　一千万円くれって言ったんだよ。そしたら、椎名の奴は開き直ったんだ。もう一円も出す気はないってな」

「それで、おまえは椎名を逆恨《さかうら》みして、妻の加奈と息子の暁と一緒に一家三人を惨殺する気になったわけか？」

「冗談言うなよ。おれは頭にきたけど、あんまり欲を出すと自滅することになると思って、もう金をせびることは諦めたんだ。でもさ、なんとなく癪《しやく》な気もしたんで……」

「先をつづけろ！」

「椎名の女房を一度ぐらい抱いてやろうと思ったんだよ。それで、椎名加奈を付け回しはじめたんだ。それでわかったんだけどさ、椎名の女房は浮気してたんだよ。それで、興《きよう》醒《ざ》めしちゃったんだ」

「その浮気相手は、どこのどいつだったんだい？」

「そこそこ売れてるライターだったよ。露木《つゆき》恭輔《きようすけ》って名で、三十九だったかな。露木は月刊誌や週刊誌で署名入りのルポを書いてる。おれ、奴のルポ記事を幾つか読んでたんだよ。顔写真も添えられてたから、すぐに加奈の浮気相手のことはわかった。二人は都心のシティホテルのコーヒーショップで待ち合わせて、ダブルの部屋にしけ込みやがった」

「そのホテルの名は？」

「紀尾井町《きおいちょう》のオオトモ・ホテルだよ。もう一年四、五カ月前の話だけどね」

「チェックインしたのは、どっちなんだ？」

鷲津は畳みかけた。

「それはわからないよ。ただ、二人はフロントには寄らずに十二階の部屋に直行したから、多分、露木が先に部屋を予約したんだろう」

「おまえは、二人と同じエレベーターに乗り込んだのか？」

「そうだよ。それで、二人が部屋に入るとこを見届けたんだ」

「その後のことを話せ」

「え？」

「おまえは、露木か椎名加奈に口止め料を出せと脅したんじゃないのか？」

「鋭いんだな。二人を強請《ゆす》ろうとしたんだけど、まったく相手にされなかったよ。どっちも開き直ってる感じだった。椎名の女房は、夫に不倫がバレてもいいと思ってたんじゃないのかな。そんな感じだったよ」

菊間が言いながら、ゆっくりと立ち上がった。

「椎名一家が惨殺された晩、おまえはどこで何をしてた？」

「高校時代の友人と渋谷で夕方から十一時半ごろまで、パチスロをやったり、カラオケ店で遊んでた。友達は片岡幹彦《かたおかみきひこ》って奴で、成城署の刑事がおれのアリバイの裏付《ウラ》けを取ったはずだよ」

「そうみたいだな」

鷲津は、捜査資料と菊間の供述が一致していることを確認した。菊間が友人に偽証を頼んだ疑いはなさそうだ。

鷲津は菊間の片腕を摑んで、神殿の前まで歩かせた。すると、参道を駆けてくる人影が視界に入った。荒巻だった。

菊間は荒巻に気づくと、石畳の上に正坐した。

「さっきはひどいことをして、すみませんでした。おれ、恐喝罪で捕まるんじゃないかと思って、どうしても逃げたかったんですよ。催涙スプレーを使ったこと、謝《あやま》ります。だから、勘弁してください」

「要領のいい奴だ。おまえをぶん殴ってやろうと思ってたんだが……」

「どうか赦《ゆる》してください」

「おれの気が変わらないうちに、自分のアパートに帰れ」

荒巻が言った。菊間は弾《はじ》かれたように立ち上がり、逃げるように走り去った。

「菊間はシロだな」

鷲津は相棒に言った。

「収穫なしか」

「いや、収穫はゼロじゃない。菊間のおかげで、椎名加奈の不倫相手がわかったよ」

「そいつのことを詳しく教えてくれ」

荒巻が早口で促《うなが》した。鷲津は、フリーライターの露木のことを語った。

「露木恭輔のルポ記事、何編か読んだことがあるよ。社会問題を扱ったノンフィクションから風俗ルポまで書いてる器用なライターだね」

「そうなのか。おれは、露木がどういう気持ちで人妻の椎名加奈とつき合ってたのか、ちょっと気になってるんだ。本気で椎名の女房に惚れてたとしたら、彼女に夫との離婚を迫った可能性もあるからな」

「そうだな。明日、露木恭輔に会ってみよう」

「ああ」

「鷲津《ワシ》、サラのことが心配なんだろ？　早くウィークリーマンションに戻ってやれよ」

荒巻が鷲津の肩を叩《たた》いた。
この男とは、死ぬまでつき合うことになりそうだ。
鷲津は相棒に笑顔を向け、先に足を踏みだした。

第三章　不審な上海《シャンハイ》美人

1

相棒が貧乏揺すりをはじめた。苛《いら》ついたときの癖だ。荒巻は鷲津の右脚を軽く叩いた。

参宮橋《さんぐうばし》にある露木恭輔の自宅だ。高層マンションの一室で、間取りは2LDKだった。

菊間を追い込んだ翌日の午前十時過ぎである。部屋の主は奥の部屋で、パソコンに向かっていた。急ぎの原稿を打っている最中だった。

「売れっ子ライターなのかもしれないが、客を待たせるなんて思い上がってるな」

鷲津が聞こえよがしに言って、短くなった煙草の火を揉《も》み消した。

「そう言うな。おれたちがいきなり訪問したんだから、仕方ないじゃないか」

「それにしても、不愉快だな」

「鷲津《ワシ》、抑《おさ》えて抑えて」

荒巻は小声で言い、腕時計に目をやった。すでに十五分ほど待たされている。心の中で舌打ちしたとき、奥の居室《きょしつ》から露木が姿を見せた。

「どうもお待たせしちゃって、申し訳ない。きょうの午前中に原稿を書き上げないと、間に合わないもんでね」

「もう脱稿されたんですか？」

荒巻は問いかけた。

露木が大きくうなずき、荒巻の前のソファに腰かけた。柄物のカウチンセーターを着込んでいる。下は厚手のチノクロス・パンツだった。知的な風貌《ふうぼう》だ。背が高い。

「コーヒー、飲みます？」

「いいえ、結構です。早速ですが、あなたは一年三ヵ月ほど前に殺害された椎名加奈さんと親しくされてましたね？」

「ええ、まあ。彼女とは独身時代に出版関係のパーティーで知り合って、意気投合したんですよ。酒の勢いもあって、出会った日にホテルに泊まることになりました」

「そうですか。それから、しばらく親密な関係がつづいたんですね？」

「いいえ、加奈とはそれきりでした。当時、わたしには交際中の女性がいたんでね。加奈と偶然に銀座《ぎんざ》のフォト・ギャラリーで再会したのは二年ぐらい前です。二人の共通の知り合いの写真家が個展を開いてたんですよ。そのオープニング・パーティーの席で、加奈と顔を合わせたわけです」

「それがきっかけで、椎名夫人との関係が深まったんですね?」

「ええ、そうです。加奈は、旦那《だんな》に愛人がいることで悩んでました。離婚も考えたらしいんですが、子供の将来を考えて、それは思い留《とど》まったんですよ。ですが、夫に裏切られた寂しさは消えません。それで、加奈はわたしと密会するようになったわけです」

「あなたはどういう気持ちで、加奈さんとつき合ってたんです?」

「加奈と再会したとき、わたしは五年越しの仲だった女性と別れた直後でした。ですから、何かで寂しさを埋めたかったんだと思います。もちろん、加奈のことは嫌いじゃありませんでした。しかし、強い恋情を感じてたわけじゃないんです。それは、加奈も同じだったと思うな」

「つまり、どちらも心の渇《かわ》きを癒《いや》し合ってただけだと……」

「そういうことになるんでしょうね。人間は何か生き甲斐《がい》がないと、元気が出ません。誰も生まれた瞬間から、死に向かってるわけですからね。そのことを考えたら、どうしても虚無的《きょむてき》になっちゃうでしょ？　どう頑張っても、命には限りがあるんですから」

「まそうですね」

「だから、人々は生きる張りを求めるわけですよ。恋愛、仕事、子育てに熱中してる間は、生の虚《むな》しさは忘れられます」

「物を書いてる方は能弁《のうべん》ですね。実際、そうなんでしょう」

「加奈は母性の強い女でしたから、ひとり息子の暁君の養育には力を注いでたと思います。しかし、亭主は若い愛人にうつつを抜かしてたわけですから、寂しかったはずです。それだから、わたしと会うことで、心と体のバランスを保《たも》ってたんでしょう」

「割り切った大人同士の関係だったとしても、そこは男と女です。どちらかが相手を独占したくなったりすると思うんですがね」

「加奈は、子供のために椎名譲の妻でありつづけたいと考えてたんです。彼女の夫は、著名なマスコミ文化人のひとりでした。大学の給料やテレビの出演料はたいしたことはなくても、講演料や著作の印税が年に四、五千万円入ってきてたんです。旦那は名声も富も得てたわけですよ。息子を育てるには、理想的な条件が揃《そろ》ってたんです。仮に彼女がわたしに惚《ほ》れてたとしても、夫や子を棄《す》てる気にはならないでしょう。母親になった女は、勁《つよ》く逞《たくま》しいもんですよ」

露木が長々と喋《しゃべ》り、セブンスターに火を点けた。釣られてヘビースモーカーの鷲津も煙草をくわえる。

「あなたのほうは、どうだったんです？　加奈さんを独占したいと思ったことはなかったんですか？」

荒巻は訊《き》いた。

「加奈が子持ちじゃなかったら、旦那と別れちまえと言ったかもしれませんね。わたし、あまり子供が好きじゃないんですよ。自由に生きたいと考えてるんで、なるべく背負うものを少なくしたいと思ってるんです。加奈を養うことはともかく、連れ子の面倒を見る気にはなれませんね。ノンフィクション・ライターは多少、文名が上がっても、それほど経済的には恵まれてないんです。ですから、とても加奈の子まで育てる余裕はありませんよ」

「椎名譲が離婚話に応じてれば、加奈夫人にはそれ相当の慰謝料が入るはずだし、息子の養育費も払ってもらえるわけだ」

鷲津が会話に割り込んだ。

露木が顔をしかめた。何か言いたげだったが、口は開かなかった。

「加奈夫人が夫と別れてれば、少なく見積っても三、四千万の慰謝料は入っただろうな。

連れ子の養育費が月々十五、六万振り込まれりゃ、別におたくの荷物にはならないんじゃないの？　むしろ、金銭的には潤《うるお》うことになったかもしれない」

「あんた、わたしが金目当てに加奈に旦那と別れろと焚《た》きつけてたんじゃないかと疑ってるのかっ」

「そうむきにならないでほしいな。刑事は一応、なんでも疑ってみるもんなんだよね」

「だとしても、礼を欠いてる！」

「おれは育ちが悪いから、礼儀を知らないんだ。あしからず……」

「こう見えても、わたしは男の美学を貫《つらぬ》いてるんだ。女の金を当てにするような人間じゃないっ」

「しかし、物書きでリッチになれる者はごく一握りだよね。書き下ろしの長編ノンフィクションの場合、印税よりも取材費のほうが高くなるって話をどこかで聞いたことがある。そんな金にならない仕事ばかりしてたら、そのうち自分の口も糊《のり》することができなくなるかもしれない」

「無礼なことを言うなっ。生活費に困ったことはないぞ」

「いまは、そうかもしれない。しかし、勤め人じゃないんだから、年々、収入が増えるわけじゃないよね？　ここの家賃だって、十万以下じゃないんでしょ？」

「ここは賃貸じゃない。分譲だよ。三年前に病死した親父の遺産で即金で買ったんだ。だから、毎月かかるのは管理費と修繕費の積立金だけなんだよ」

「家賃は必要なくても、仕事の経費はかかるでしょ？　書きたいものだけを書きたいと思ってるんだったら、経済的な余裕は欲しくなるんじゃないのかな？」

「おたくは、わたしが加奈を唆《そそのか》して、旦那と離婚させようとしてたと思ってるのかっ。しかし、彼女がそれに応じなかった。それで腹を立てて、わたしが一家三人を殺害したとでも……」

「あんたが実行犯だとは思っちゃいない。事件当日、取材でフィリピンのマニラシティにいたことははっきりしてるからね。ただ、世の中には金欲しさに人殺しを引き受ける奴もいる」

「もう我慢できない。おたく、名刺を出せよ。場合によっては告訴するぞ」

「好きなようにしてくれ」

鷲津は少しも怯《ひる》まなかった。露木は激昂《げっこう》したままだ。

「露木さん、勘弁してください」

荒巻は執《と》り成《な》した。

「なんの根拠もないのに、人を犯罪者扱いするなんて言語道断だ。そんなふうだから、警察は市民に毛嫌いされるんだよ。正義の使者ぶってるが、警察社会は内部から腐り切ってるじゃないか。架空の捜査協力費をプールして、署長が異動するときに餞別《せんべつ》として裏金を渡してる。悪徳警官が毎年、四百五十人以上も懲戒処分になってるよな。法の番人だからって、市民の人権を踏みにじってもいいのかっ」

「お怒りは、ごもっともです。相棒に謝罪させましょう」

荒巻は露木に言い、かたわらの鷲津を見た。

「おれ、あんたの人権を踏みにじったわけ？」

「いまさら白々しいぞ」

「あんたを傷つけるようなことを言ったと主張するんだったら、その証拠を見せてほしいな」

「証拠と言われても、別に遣《や》り取りを録音してたわけじゃないからな」

「だったら、あんたの負けだな。たとえ告訴しても、勝ち目はないぜ」

「なんて奴なんだ。帰れ、帰ってくれ！」

「わかったよ」

鷲津がソファから立ち上がり、玄関ホールに向かった。

「相棒が勇み足を踏んだことは、わたしが代わりにお詫《わ》びします。どうかご容赦ください」

「おたくに謝ってもらってもね」

「連れには強く意見しておきます。ご協力に感謝します」

荒巻は頭を下げてから、ソファから離れた。

すでに鷲津は部屋を出ていた。荒巻はそそくさと靴を履《は》き、露木の自宅を辞去した。

鷲津はエレベーターホールにたたずんでいる。荒巻は鷲津に走り寄った。

「おまえ、どうかしてるぞ。露木にあそこまで言ったら、まずいよ。相手が怒りだすこと、予想できなかったわけじゃないだろうが」

「わざと怒らせたんだよ」

「えっ、そうだったのか」

「意図的《いとてき》に露木の神経を逆撫《さかな》でして、反応を探《さぐ》りたかったんだ」

「で、心証は？」

「シロかクロかは、ちょっと判断つかないな」

「無駄骨を折っただけか。おれは、露木恭輔は椎名一家殺しには関わってないという心証を得たよ」

「その理由は？」

「おれの印象では、露木は恋愛よりも自分の仕事を大事にしてるように見えた。彼は来客を待たせたまま、平然とパソコンのキーボードを打ってただろう？」

「そうだったな」

「何がなんでも原稿の締切りを守りたいってことは、それだけ仕事を重要視してるからさ」

「荒巻《アラ》の言う通りだろうな。露木は、それほど加奈にのめり込んではなかったのかもしれない。ただ、金銭的に余裕がないだろうから、加奈に離婚を勧めてた可能性はあるかもしれないぜ」

「加奈がまとまった慰謝料を貰《もら》えば、海外取材の費用を借りられる？」

「ああ」

「しかし、加奈が旦那と別れなかったという理由だけで一家三人を惨殺する気にはならないと思うんだ」

「それは、そうだろうな」

鷲津が同調した。

「彼はどうしても加奈を独占したいという感じじゃなかった。したがって、殺意を覚えるほど椎名夫人を憎むことはないだろう」

「消去法でいくと、椎名の愛人だった詩織しか残らなくなったな。彼女は何か隠してるんだろうか」

「詩織の友人関係は捜査ファイルに載ってた。その友人たちに会ってみようや」

「そうするか」

二人はエレベーターで階下に下《くだ》り、それぞれ自分の覆面パトカーに乗り込んだ。

荒巻たちは午前中に大学の講師仲間の自宅を訪ね、午後から詩織の高校時代と大学時代の友人二人と会った。

しかし、何も手がかりは得られなかった。最後の聞き込みを終えた直後、荒巻の携帯電話が鳴った。発信者は田代警視総監だった。

「捜査は進んでるかね？」

「それが案外、てこずってまして……」

「そうか。捜査本部は、上海出身の唐美清《タンメイチン》という二十五歳の中国人女性をマークしはじめたらしい」

「その女性は何者なんです？」

「美清《メイチン》は四年前に研修生として来日し、岐阜県内の縫製《ほうせい》工場で日給千五百円という低賃金で働かされてたらしいんだよ、三年間もね」

「それは、ひどい話ですね」

「賃金が不当に安い上に、美清《メイチン》は工場主に夜ごと性的な奉仕を強要されてたようだ。彼女だけじゃなく、若い同胞女性はたいがい同じ目に遭《あ》ってたというんだよ」

「卑劣なことをする奴らがいるんですね」

「同じ日本人男性として、恥ずかしいと思ってるよ。それはそうと、美清《メイチン》は理不尽《りふじん》な扱いを受けたことに強い憤《いきどお》りを感じて縫製工場の経営者を告発する目的で、著名な社会評論家の椎名譲に自分たちの給料明細書や脅迫テープなどを郵送したらしいんだ」

「殺された椎名は、美清《メイチン》たちの告発に手を貸す気になったんでしょうか？」

荒巻は問いかけた。

「椎名は美清《メイチン》に直《じか》に電話をかけて、告発には全面的に協力すると約束したというんだ。しかし、彼はいっこうに〝中国人研修生いじめ〟を告発する気配を見せなかったらしいんだよ」

「どこからか、椎名に圧力がかかったんですかね？」

「そうなのかもしれないな。焦《じ》れた美清《メイチン》は、告発の証拠物件の返却を椎名に求めたというんだよ。ところが、なぜか人気コメンテーターはそれに応じなかった。そんなわけで、美清《メイチン》は一家惨殺事件が起こる半月ほど前から椎名家周辺をうろついてたらしいんだ」

「美清《メイチン》が働いてる岐阜の縫製工場の所有者は、もう調べ上げてあるんですね？」

「ああ。しかし、もう美清《メイチン》はそこにはいない。半年ほど前に会社を辞めて、いまは新宿歌舞伎町の上海料理店でウェイトレスをしてるそうだ。ついでに伝えておくが、美清《メイチン》の雇い主は日給千五百円で使ってたことは認めてるが、セックスについては合意の上だったと言い張ってるらしい」

「合意の上とは思えませんね。いかがわしい要求を呑《の》まなかったら、解雇するとでも遠回しに言ったにちがいありません」

「おそらく、そうだったんだろうな。美清《メイチン》は、テレビで正義感を示してた椎名譲を全面的に頼りにしてたと思われる。しかし、椎名は何もしてくれなかっただけではなく、預けた大事な証拠物件も返してくれなかった。その分、失望は大きかったにちがいない」

「失望がいつしか殺意に変わったんでしょうか？」

「女の美清《メイチン》が深夜の椎名宅に侵入し、一家三人を手にかけたとは考えにくいね。もし彼女が事件に関与してるとしたら、幼馴染《おさななじ》みの上海マフィア《ヤマ》に犯行を踏ませたんだろう」

田代が言った。

「上海マフィアですか？」

「そう。美清《メイチン》と同じ町で育った楊一光《ヤンイーグアン》という男は、新宿を根城にしてる上海人グループのメンバーなんだよ。その楊《ヤン》は二十七歳なんだが、不法残留で一度、中国に強制送還されてるんだ。しかし、いつの間にか、再入国したようなんだよ」

「そうですか」

「新たな情報をアジトにファックス送信しておくから、きみたち二人も唐美清《タンメイチン》と楊一光《ヤンイーグアン》の動きを探《さぐ》ってみてくれないか」

「はい。何かわかりましたら、ただちに報告します」

荒巻は通話を切り上げ、鷲津に田代の話をつぶさに伝えた。

「全国の中小企業は人件費の安いアジア人研修生を低賃金で扱《こ》き使って、収益を上げてる。そうしないと、会社が倒産しかねないからな」

「そうなんだろうが、日給千五百円はひどすぎるよ。搾取《さくしゅ》なんてもんじゃない。アジア系外国人を見下《みくだ》してるとしか思えないな」

「荒巻《アラ》の言う通りだね。それにしても、超低賃金で働かせておいて、夜ごと研修生たちの肉体を弄《もてあそ》んでた雇い主が何人もいただなんて、呆《あき》れ果てるな」

「日本人の男どもがセックス・アニマルと蔑《さげす》まれても仕方ないよ」

「そうだな。おれも女にはだらしがないが、相手の弱みにつけ込んだことは一度もないぜ」

「どの女も進んで裸になったと言いたいんだろ？」

「実際、その通りだったんだ」

鷲津が真顔で言った。

「女たらしがぬけぬけと……」

「妬《や》くな、妬くな。それはそうと、美清《メイチン》と楊《ヤン》の二人をちょっと洗ってみよう」

「ああ。いったんアジトに戻って、歌舞伎町に出向こう」

荒巻は相棒に言って、フーガのドア・ロックを解除した。

2

外国人の姿が目立つ。

東洋人ばかりではなく、ヒスパニック系や黒人も少なくない。

鷲津は覆面パトカーの中から往来を眺めていた。

歌舞伎町二丁目だ。新宿区役所通りと花道《はなみち》通りがクロスする交差点の近くである。

数軒先に『上海菜館』の軒灯が見える。相棒の荒巻が店内に入ったのは、十数分前だ。

彼は身分を明かし、ウェイトレスとして働いている唐美清《タンメイチン》から事情聴取しているはずだ。

——暴対法が施行される前まで、このあたりはヤー公ばかりだったが、組員らしい男たちはどこにもいないな。一見、治安がよくなったようだが……。

鷲津は溜息《ためいき》をついた。

新法で代紋や提灯《ちょうちん》を掲《かか》げることも禁じられるようになると、歌舞伎町に組事務所を構える約百八十の広域暴力団の二次、三次団体は商事会社、不動産会社、重機リース業などを表看板にするようになった。もちろん、裏ビジネスをしなくなったわけではない。

以前と同じように、どの組織も闇《やみ》金融、各種賭博《とばく》、管理売春、麻薬の密売など裏稼業に励んでいる。不法残留の不良外国人を巧《たく》みに利用している暴力団も多くなった。弱小組織になると、外国人マフィアの手先になっているケースもある。

日本のやくざと中国人マフィアが対立していたのは、もう昔の話だ。裏社会で生きる者たちは共存共栄を図るようになった。

そういう意味では、かえって治安は悪くなったと言えるだろう。いまや歌舞伎町、大久《おおく》保《ぼ》、百人町《ひゃくにんちょう》一帯は無国籍タウンだ。

懐《ふところ》で、携帯電話が震動した。張り込みを開始するとき、マナーモードに切り替えておいたのである。

電話をかけてきたのは、サラだった。

「気分はどうだ?」

「食欲はないけど、禁断症状は治《おさ》まってる」

「まだ職務があるんで、すぐにはウィークリーマンションには戻れないんだ。また、熱めの風呂に入って先に寝《やす》んでてくれ」

「う、うん」

「なんか様子が変だな。サラ、ちゃんと部屋にいるんだろうな?」

「ええ」

「禁断症状がどんなにひどくなっても、決して権藤のとこには戻るなよ」

「わかってる。あなたの優しさには、とっても感謝してる。自分が大事にされたこと、すごく嬉《うれ》しかったわ。もっと早く鷲津さんに会えてたら……」

「サラが立ち直るまで、おれはちゃんと見守ってやるよ」

鷲津は言った。すると、サラが涙ぐんだ。

「泣くなって」

「わたし、弱い女だったわ。ごめんなさいね」

「サラ、権藤の許《もと》に戻ったんだな? そうなんだろ?」

「わたし、もうドラッグの魔力に克《か》てない」

「すぐ部屋に戻るんだ。いいな？」

「あなたのこと、一生、忘れないわ。ありがとう。そして、さよなら！」

「サラ、もっと自分を大事にしろ。生き直すんだ」

鷲津は言い諭《さと》した。一拍置いて、電話が切られた。

すぐさまコールバックした。だが、もうサラの携帯電話の電源は切られていた。鷲津は以前の職場の赤坂署生活安全課に電話をかけた。

電話口に出たのは、かつての部下だった。森村《もりむら》という名で、二十七歳である。

「共和会の権藤の居所を急いで調べてくれ」

「何があったんです」

「奴の愛人のサラ・ハミルトンを保護してほしいんだよ。おれがいったん彼女を権藤から引き離したんだが、ドラッグ欲しさにパトロンの許《もと》に戻ったようなんだ」

「わかりました。すぐに動きます」

「居所が判明したら、必ず連絡してくれ。頼んだぞ」

鷲津は終了キーを押し込んだ。

麻薬中毒者の更生が容易ではないのは承知していた。しかし、サラを逮捕して、医療刑務所に送ることには強いためらいがあった。そうした迷いが、逆に悪い結果を招いてしままったのではないか。

民間療法でサラの体から薬物を抜けると考えたのは、甘かったようだ。ふたたび彼女が〝エクスタシー〟の錠剤を服《の》んでしまえば、すべてが水泡《すいほう》に帰《き》してしまう。許されることなら、すぐにも特捜任務を放棄《ほうき》して、自分自身でサラを保護したい気持ちだ。しかし、そうしたら、相棒の荒巻に負担をかけることになる。

森村がサラを保護してくれることを祈ろう。

鷲津は胸底《きょうてい》で呟《つぶや》いた。

そのすぐ後、ジープ・チェロキーの助手席側のドアが開けられた。荒巻が車内に入るなり、心配顔で問いかけてきた。

「なんか深刻そうな顔つきだが、何かあったのか？」

「サラが権藤のとこに戻ったようなんだ、ドラッグ欲しさに負けてな」

鷲津は、かつての部下に頼んだ内容についても喋った。

「森村刑事がサラを保護してくれるよ」

「そうだといいんだがな。ところで、美清《メイチン》の様子はどうだった？」

「捜査本部の連中に代わる代わる尾行されてることを迷惑がってたな。それから、事件発生前に何度か椎名宅を訪れた事実もあっさり認めたよ。預けた物を返してほしくて、家の周辺で椎名の帰宅を待ってたというんだよ」

「多分、その通りだったんだろう」

「おれも、そう思うね。美清《メイチン》は、椎名が例の証拠物件を返してくれないことを詰《なじ》ってたよ。しかし、人気コメンテーターを殺したいと思ったことは一度もないと……」

「そうか。幼馴染みの楊一光《ヤンイーグアン》のことは？」

「よく知ってると言ってた。しかし、楊《ヤン》の住まいなんかは知らないそうだ。幼馴染みとはいえ、犯罪組織のメンバーとは深く関わりたくないんだと言ってたな」

「荒巻《アラ》の感触ではどうなんだ？　美清《メイチン》が楊《ヤン》に椎名一家を殺害させた疑いはあるかもしれないと感じた？」

「美清《メイチン》は息を呑《の》むような美女だけど、ほとんど感情を顔に表さないんだよ。だから、隠しごとをしてるのかどうかは読み取れなかったんだ。ただ、椎名の不誠実さを口にしたときは目に怒りの色がにじんでたな」

「なら、アジトで練った作戦を実行に移そう」

「了解！　美清《メイチン》は今夜、九時半に仕事から解放されると言ってたから、もうじき店から出てくるだろう。おれはフーガの中で待機してるから、後はうまくやってくれ」

荒巻が四輪駆動車から降り、自分の覆面パトカーに足を向けた。

それから間もなく、『上海菜館』の通用口から美清《メイチン》が現われた。パステルカラーのセーターの上に、フード付きの黒いダウンパーカを羽織っている。下は、白っぽいパンツだった。

写真よりも、だいぶ大人っぽい。相棒が言ったように、はっとするほど綺麗《きれい》だ。

美清《メイチン》は区役所通りを突っ切り、花道通りを進んだ。鷲津は低速で追尾《ついび》しはじめた。美清《メイチン》は花道通りを短く歩き、さくら通りに入った。

新宿コマ劇場跡地の裏手だ。飲食店や風俗店が連なっている。個室ビデオ店やアダルトグッズの店も目につく。

美清《メイチン》は少しでも多く稼ぎたくて、風俗店あたりで働いているのだろうか。

鷲津は、さらに車の速度を落とした。

そのとき、美清《メイチン》が深夜スーパー『エニー』に足を踏み入れた。夜食や日用雑貨品を買うつもりなのか。

鷲津は『エニー』の少し手前の暗がりに覆面パトカーを停めた。ゆったりと紫煙をくゆらせてから、ごく自然に車を降りる。

鷲津は深夜スーパーに入り、視線を巡らせた。

美清《メイチン》は冷凍食品の棚の前に立っていた。鷲津は美清の背後に忍び寄り、懐から札入れを摑《つか》み出した。

後ろめたいが、やむを得ない。

鷲津は故意に美清《メイチン》にぶつかり、彼女のダウンパーカのフードに自分の黒革の財布をそっと入れた。

「ごめんなさい」

美清《メイチン》が滑らかな日本語で謝った。

「いい腕してるな」

「それ、どういう意味です？」

「ぶつかったとき、おれの札入れを掏《す》って、素早くフードの中に隠したよな？」

「わたし、そんなことしてません」

「ごまかす気かい？」

鷲津は切れ長の目に凄《すご》みを溜《た》め、右腕を長く伸ばした。ダウンパーカのフードの中から、財布を取り出す。美清《メイチン》が目を丸くした。すぐに彼女は無言で首を大きく横に振った。

「そっちは日本人じゃないな」

「わたし、上海で生まれ育ちました」

「それなら、楊一光《ヤンイーグアン》って男のことを知ってそうだな」

「えっ⁉」

美清《メイチン》がうつむいた。

「どうやら知ってるようだな。楊《ヤン》に頼みたいことがあるんだ。どこに行けば、彼に会える？」

「楊《ヤン》さんは顔見知りですけど、個人的なつき合いはないんです。だから、彼のことはよくわからないの」

「おれに協力しないと、すぐ近くのマンモス交番に突き出すぞ。オーバーステイなら、中国に強制送還になるな」

「そ、それは困ります」

「やっぱり、オーバーステイだったか」

「楊《ヤン》さんは、大久保一丁目にある『カーサ大久保』ってマンションの三〇二号室に住んでるようです。わたし、そのことを上海出身の友人から聞きました。だから、間違いないと思います」

「それじゃ、行ってみよう。チャイナドレスが似合いそうだな。機会があったら、そっちが働いてる『上海菜館』に飯を喰《く》いに行くよ」

「あっ、もしかしたら、わたしを罠《わな》に嵌《は》めたんでは……」

「好きなように考えてくれ」

鷲津は言って、『エニー』を出た。

四輪駆動車に乗り込み、大久保に向かう。

目的のマンションは、大久保小学校の近くにあった。四階建ての古ぼけた建物で、エレベーターはない。

鷲津は覆面パトカーを『カーサ大久保』の前に駐《と》め、三階まで駆け上がった。三〇二号室の電灯は点いている。表札は出ていない。

鷲津は、ところどころ塗装の剝《は》がれた青いスチール・ドアをノックした。

ややあって、ドア越しに男の声が聞こえた。中国語だった。

「おたく、楊一光《ヤンイーグアン》さん？」

鷲津は確かめた。と、相手が日本語に切り替えた。

「そうね。あなた、誰？」

「事情があって、名乗ることはできないんだ。おたくのことは、上海出身の唐美清《タンメイチン》さんから聞いたんだよ」

「美清《メイチン》の知り合いだったか。彼女は、わたしの妹みたいなもんね。いま、ドアを開けるよ」

「わかった」

鷲津は少し退《さ》がった。待つほどもなくドアが開けられた。

姿を見せたのは、髪を七三に分けた若い男だった。服装も地味だ。

チャイニーズ・マフィアの多くは堅気《かたぎ》に見える。日本のやくざのように派手な身なりはしていないし、ゴールドのネックレスやブレスレットも身につけていない。ただ、共通して目つきは鋭かった。

「わたし、楊《ヤン》ね。美清《メイチン》とわたし、幼馴染みよ。ちっちゃいころから、仲よしだったね」

「入らせてもらうぜ」

鷲津は三和土《たたき》に入って、後ろ手にドアを閉めた。

間取りは1DKだった。奥の居室《きょしつ》は散らかっていた。

「わたしにどんな用がある？　それ、早く知りたいね」

「憎い男を始末してもらいたいんだ。そいつを殺《や》ってくれたら、三百万円の成功報酬を払う」

「わたし、お金大好きね。だけど、殺しの謝礼が三百万円というのは、ちょっと安いよ」

「そういうことなら、ほかの中国人に頼むことにしよう」

「わたしの負けね。三百万円でいいよ。その代わり、百五十万は前渡しにしてほしい」

「いや、着手金は三十万だ。おたくが仕事をやり遂《と》げたら、残りの二百七十万はキャッシュで払う」

「仕事、いつやればいい？」

「今夜だ。十時半に殺してほしい男と大久保公園で会うことになってる。約束の時間になっても、おれはそいつの前に顔を出さない。おたくが標的に近づいて、息の根を止めてくれ」

「急な話ね。でも、わたし、仕事を引き受けるよ。人殺しは馴《な》れてるね。これまでに八人ほど殺《や》ってる。絶対にしくじらないね」

「そうか」

「ターゲットの写真、持ってきた？」

楊《ヤン》が訊いた。鷲津はスエードジャケットの内ポケットから荒巻の顔写真を抓《つま》み出し、楊《ヤン》に手渡した。

「いい男ね。それに、頭もよさそう。写真の男、あなたに何をした？」

「おれの婚約者を寝盗《ねと》って、自分の女にしたんだ。しかし、飽きると、紙屑《かみくず》みたいに棄《す》てたんだよ。その彼女は絶望して、自ら命を絶ってしまった」

「写真の男、悪党ね。あなたが怒るの、わたし、よくわかる。必ず始末してあげるよ」

「拳銃を使うのか？」

「ピストルなんか使わなくても、人間は簡単に殺せるね。殺人道具、いろいろ持ってる。着手金、早く貰いたいね」

楊《ヤン》が手を差し出した。鷲津は懐から札入れを取り出し、三十枚の万札を引き抜いた。

「残りの謝礼、大久保公園で払ってくれるか？」

「ああ。おたくがおれとの約束を破ったら、生かしちゃおかないぞ。ついでに、美清《メイチン》も関西のソープランドに売り飛ばす」

「美清《メイチン》を悲しませたくない。わたし、写真の男を必ず殺《や》るよ」

楊《ヤン》が札束を押し戴《いただ》いた。

「頼んだぞ。おれは十時半過ぎに公園に行く。標的が死んでることを確認したら、その場で残りの二百七十万を渡す」

「わたし、もうじき大金を手にできる。いまから笑みが零《こぼ》れそうね」

「後で会おう」

鷲津は楊《ヤン》の部屋を出ると、マンションの階段を駆け降りた。覆面パトカーに乗り込んでから、電話で荒巻に経過を伝えた。

「おまえの話だと、楊《ヤン》は少しも怪しんでない様子だな」

「ああ、罠と見抜いてはいないだろう。おれは楊《ヤン》のマンションの前で張り込んで、奴を尾《つ》ける。荒巻《アラ》は十時半前に大久保公園内に入って、人待ち顔を作ってくれ」

「オーケー！　赤坂署の森村刑事から連絡は？」

「まだ連絡はないんだ」

「鷲津《ワシ》、サラの居所を捜しに行けよ。おれひとりで楊《ヤン》を取り押さえて、美清《メイチン》に椎名一家殺しを頼まれたかどうか吐かせる」

「楊《ヤン》は上海マフィアの一員なんだ。捨て身で生きてるにちがいないから、かなり手強《てごわ》いだろう。荒巻《アラ》ひとりじゃ、危険だよ」

「おれひとりで平気さ」

「いや、ひとりじゃ心許《こころもと》ない。荒巻《アラ》は気が優しいから、ドライに相手を撃ち殺せないと思う。一瞬の迷いを衝《つ》かれて楊《ヤン》に反撃されたら、そっちは命を落とすことになる」

「おれのことをそこまで心配してくれるのは嬉しいが、サラのことも気になってるんだろう？」

「それはな。早くサラを権藤から引き離さないと取り返しがつかなくなるだろうが、荒巻《アラ》を死なせるわけにはいかないよ」

「大丈夫だって、おれは」

荒巻はもどかしそうだった。

「いや、二人で楊《ヤン》を締め上げよう」

「強情な奴だ」

「荒巻《アラ》、公園に入るときは拳銃《ハンドガン》を携帯しろよ」

鷲津は通話を切り上げ、ロングピースをくわえた。

『カーサ大久保』から楊《ヤン》が出てきたのは、十時十五分ごろだった。セーターの上に、黒革のハーフコートを羽織っている。頭には黒いスポーツキャップを被《かぶ》っていた。

鷲津は車首の向きを変え、楊《ヤン》の後《あと》を追った。

楊《ヤン》は緩《ゆる》やかに歩き、職安通りを横切った。ガード方向に百メートル前後進み、左に曲がった。道なりに行けば、右手に大久保公園がある。

細長い地形の公園で、夏には夜更けまで人気《ひとけ》がある。

しかし、この季節はあまり人影は見ない。

楊《ヤン》は園内に入ると、樹木の間に身を隠した。そこで、標的が現われるのを待つ気なのだろう。

鷲津は覆面パトカーを公園の手前の路肩《ろかた》に寄せた。ヘッドライトを消し、エンジンを切る。

それから数分が流れたころ、前方から見覚えのあるフーガが走ってきた。荒巻の覆面パトカーだ。フーガは大久保公園の真横に停められた。

鷲津は目を凝《こ》らした。

車を降りた荒巻が園内に走り入った。鷲津はグローブボックスからマカロフPbを取り出し、ベルトの下に差し込んだ。ジープ・チェロキーを降り、公園まで急ぎ足で歩いた。

繁みの中に入り、園の中央部に目を向ける。

二つの人影が揉《も》み合っていた。顔かたちは判然としなかったが、荒巻と楊《ヤン》だろう。

鷲津はサイレンサー・ピストルを右手に持ち、園の中心部に走った。

楊《ヤン》が荒巻の背後に立ち、ピアノ線に似た針金を首に回そうとしている。把《と》っ手《て》は竹筒だった。手製の絞殺用具だろう。

鷲津は片膝を地面に落とし、手早くスライドを引いた。

立射の姿勢《スタンディング・ポジション》だと、どうしても弾道が逸《そ》れやすい。その点、ニーリング・ポジションだと、命中率が高くなる。

荒巻が気合とともに、楊《ヤン》に背負い投げをかけた。

楊《ヤン》が地面に投げ落とされる。荒巻が半歩退《さ》がり、身構えた。

起き上がった楊《ヤン》が黒革のハーフコートの下から、何かを取り出した。

青龍刀《せいりゅうとう》だった。刃渡りは五十センチ前後で、反《そ》りが大きい。厚みもある。

「おまえ、他人《ひと》のフィアンセを寝盗《ねと》って、さんざん体を弄《もてあそ》んで棄《す》てた。その彼女、自殺してしまった。おまえは悪い男ね。だから、わたしの依頼主《クライアント》、すぐにもおまえを殺してくれと言ったね。だから、わたし、おまえを殺す」

楊《ヤン》がそう言い、青龍刀を水平に薙《な》いだ。

刃風《はかぜ》が鷲津の耳まで届いた。荒巻は軽やかにバックステップを踏んだ。楊《ヤン》がいきり立ち、刃物を左右に振り回しはじめた。

——荒巻《アラ》、早く拳銃を出せ！

鷲津は胸底で、急《せ》かした。

だが、荒巻は後退する一方だった。そのうち隙を見て、反撃する気でいるのだろう。

楊《ヤン》が母国語で何か喚《わめ》き、一気に間合いを詰めた。

そのとき、荒巻が体のバランスを崩した。すかさず楊《ヤン》が高く跳《と》び、青龍刀を上段に振り被る。

鷲津は撃った。

狙ったのは楊《ヤン》の腰だった。的《まと》は外さなかった。

被弾した楊《ヤン》が落下する。弾みで、青龍刀が吹っ飛んだ。

荒巻が体勢を整え、刃物を拾い上げた。鷲津は二人に走り寄り、荒巻に声をかけた。

「おまえ、丸腰だったのか⁉」

「一応、ベレッタは携帯してたんだ。しかし、できれば、飛び道具は使いたくなかったんだよ」

「カッコつけんな。もう少しで青龍刀で叩っ斬られるとこだったじゃないか」

「ああ、そうだな。鷲津《ワシ》は命の恩人だよ。ありがとう」

荒巻が頭を下げた。

鷲津は俯《うつぶ》せになっている楊《ヤン》を足で仰向《あおむ》けにさせ、ゆっくりとしゃがみ込んだ。

「あ、あんたは⁉」

「おたくは、おれたちの罠に引っかかったのさ。さっき渡した着手金は、どのポケットに入ってるんだ？」

「貰った三十万は部屋に置いてきた。金は返すから、もう撃たないでほしいね。おたくたちは何者なんだ？」

「そんなことよりも、おれの質問に答えろ。唐美清《タンメイチン》に椎名一家三人を殺してくれと頼まれなかったか？」

「美清《メイチン》、椎名って評論家は誠実みのない奴と怒ってたね。でも、誰かを殺《や》ってくれなんて頼まれたことはない。それ、嘘じゃないね」

楊《ヤン》が言った。演技をしているようには見えなかった。

「鷲津《ワシ》、ここはおれに任せて、赤坂の秘密カジノに行ってみろよ。共和会の誰かがいれば、権藤とサラの居所がわかるかもしれないじゃないか」

荒巻が言った。

「そうだが、荒巻《アラ》ひとりじゃ……」

「上海マフィアが反撃してきたら、今度はベレッタを使うさ」

「そうか」

「楊《ヤン》に渡した三十万は、しっかり取り戻すよ。それはそうと、おれを女たらしに仕立てることはないだろうが」

「とっさに思いついたことなんだ。めくじら、立てるなって。それじゃ、後は頼んだぜ」

鷲津は立ち上がり、そのまま駆けはじめた。

3

ライターの炎を大きくする。

荒巻は楊《ヤン》の銃創《じゆうそう》を見た。

射入孔《しやにゆうこう》は小さかったが、出血量は夥《おびただ》しかった。腰全体が鮮血に染まっている。

「救急車を呼んでやろう」

「それ、困るよ。わたし、日本に偽造パスポートで入ったね。中国に戻されたら、ずっと刑務所から出られない」

「日本でさんざん悪さをしたんだから、もう観念するんだな」

「わたし、自分のことばかり考えてるわけじゃないね。妹みたいに思ってる美清《メイチン》のことを護《まも》ってやりたい。あの子の父親、もう十年以上も前に病気で死んじゃった。母親も病弱ね。だから、美清《メイチン》、日本でずっと働いて、上海の家にお金送らなきゃならない。美清《メイチン》、岐阜の縫製工場で安い賃金で扱き使われて、夜は工場主に変なことされた。誰かが美清《メイチン》の味方になってやらないと、あの子、辛い目に遭《あ》いつづける。だから、わたし、上海に強制送還されたくないね」

「美清《メイチン》が好きなんだな?」

「大好きね。でも、わたし、美清《メイチン》に一度も好きと言ったことない」

楊《ヤン》が喘《あえ》ぎ喘ぎ言った。

「なぜなんだ?」

「わたし、十四、五のころから悪さばかりしてきた。鼻抓《はなつま》み者だったね。近所の連中は、たいてい挨拶《あいさつ》もしてくれなかった。だけど、美清《メイチン》は子供のときと同じように接してくれたよ。それ、嬉しかったね。だから、美清《メイチン》のことすごく好きになった。でも、わたしはろくでなしね。美清《メイチン》と恋仲になっても、あの子を幸せにしてあげられない」

「だから、胸の想いを打ち明けなかったわけか？」

「そう、そうね」

「案外、いいとこがあるじゃないか。そっちの切なさが伝わってきたよ」

「そういうわけだから、わたし、どうしても日本の警察に捕まりたくないね。百人町に不法残留の外国人の闇治療してくれるドクターがいる。お金は高いけど、わたし、仲間を呼んで、そのドクターのとこに運んでもらう。貰った三十万円は、わたしの部屋の冷蔵庫の中に入ってる。そっくり返すから、わたしのこと、見逃して」

「部屋の鍵《かぎ》は？」

荒巻は問いかけた。楊《ヤン》が無言で、黒革のハーフコートの右ポケットを手で押さえた。

荒巻はポケットに手を突っ込み、銀色の鍵を取り出した。

「わたしの部屋、『カーサ大久保』の三〇二号室ね」

「くどいようだが、美清《メイチン》に人殺しを依頼されたことはないんだな？」

「わたし、怒るよ。美清《メイチン》は心の優しい娘《こ》ね。誰かを殺したいと考えるわけない」

「そうか。この機会に組織から脱《ぬ》けて、美清《メイチン》と一緒にどこかに駆け落ちしちゃえよ」

「そのこと、わたし、何度も夢想した。けど、実行できない。組織のネットワーク、ばかにできないね。どこに逃げても、きっと見つかるよ」

「そうかもしれないな」

「わたし、半殺しにされるに決まってる。美清《メイチン》も輪姦《りんかん》されて、売春バーで働かされることになるね。そんな目に遭《あ》わせたくないから、わたしは美清《メイチン》を見守ってるだけでいい」

「アウトローも人の子なんだな。泣ける話じゃないか。早く仲間を呼んで、百人町のドクターんとこに運んでもらえ」

「見逃してくれるか。それ、ありがたいね」

楊《ヤン》が手を合わせ、目顔《めがお》で礼を告げた。

荒巻は膝を伸ばし、大股《おおまた》で大久保公園を出た。フーガに乗り込み、楊《ヤン》の自宅マンションに急ぐ。

『カーサ大久保』は造作なく見つかった。荒巻は老朽化したマンションの前に覆面パトカーを横づけし、三階に駆け上がった。楊《ヤン》の部屋に入り、キッチンに直行する。

相棒が楊《ヤン》に渡した三十万円は輪ゴムで括《くく》られ、冷蔵庫の中段の奥に入っていた。それを回収して、荒巻はフーガの中に戻った。

エンジンを始動させたとき、鷲津のことが心配になった。

荒巻は相棒の携帯電話をコールしてみた。なぜか、鷲津の携帯電話の電源は入っていなかった。

前例がないことだった。相棒は共和会が仕切っている秘密カジノに乗り込んで、権藤の手下に取り押さえられてしまったのか。

禍々《まがまが》しい予感が膨らんだ。

荒巻はじっとしてはいられない気持ちになって、フーガを急発進させた。赤坂の秘密クラブ『フラッシュ』に着いたのは、およそ二十五分後だった。

店は雑居ビルの地下一階にある。道路に接して階段が設けられていた。

荒巻は雑居ビルの少し先に覆面パトカーを停め、グローブボックスからベレッタ・クーガーFを取り出した。イタリア製の大口径コンパクトピストルだ。

荒巻は拳銃をベルトの下に差し込み、車を降りた。雑居ビルの地階に通じる階段付近には、二台の防犯カメラが設置されている。

秘密カジノの出入口は二重扉になっていると相棒から聞いていた。外側のドアには『ジエントルバー　フラッシュ』と金文字で記《しる》してあった。

荒巻は一枚目のドアを潜《くぐ》った。

すぐ先に重厚なドアがあった。ドアの斜め上には、防犯カメラが見える。扉はロックされていた。

荒巻はインターフォンを鳴らした。

ややあって、スピーカーから男の声で応答があった。

「いらっしゃいませ。会員番号とお名前を教えていただけますか？」

「警視庁の者だが、家宅捜索じゃないから、安心しろ」

「ご用件は？」

「共和会の権藤に会いたい」

「権藤はおりません」

「とにかく、中に入れてくれ。ルーレットやカードゲームを愉《たの》しんでる客を検挙したりしないよ。カジノの従業員もしょっ引いたりしない」

「そうおっしゃられても……」

「開けろ！」

「令状がないんでしたら、お引き取りください」

「そっちがそう出てくるなら、少々、荒っぽいことをするぞ」

荒巻は二メートルほど後退し、ベレッタ・クーガーFを引き抜いた。スライドを引き、ドア・ノブのあたりに二発撃ち込んだ。銃声が重なり、残響が尾を曳《ひ》いた。

荒巻は拳銃を握ったまま、ドアを肩で弾《はじ》いた。通路の左側にチップ交換所があり、白人のバニーガールが坐っている。赤毛で、瞳は緑色だった。二十五、六歳か。

「警察だ。そこから動くなよ」

荒巻は赤毛の女に言って、奥に走った。

フロアの左手に三台のルーレットが並び、正面にはカードテーブルが五卓あった。右手には、バーカウンターが見える。

ディーラーは白人の若い女ばかりだった。バーテンダーは、やくざっぽい男だ。共和会の構成員だろう。客は二十五、六人いた。中高年の男が多い。

「警察だ」

荒巻は大声で告げた。客たちが一斉《いっせい》にうろたえ、手にしているチップをルーレット台やカードテーブルに投げ出した。

「今夜だけは目をつぶってやるから、どの客も帰れ！　ディーラーたちは、その場に屈《かが》み込むんだ」

「令状《オフダ》がないのに、こんなことをやってもいいのかよっ」

三十二、三歳のバーテンダーが怒鳴り、血相を変えて吹っ飛んできた。荒巻は、銃口を相手に向けた。
「共和会の者だな？」

「ああ」

「名前は？」

「脇《わき》だよ。脇敬太《けいた》ってんだ」

「ふだんは、そっちがここの責任者なのか？」

「いや、松倉《まつくら》の兄貴が支配人をやってるんだ」

「その松倉はどこにいる？」

「奥の事務室にいると思うよ」

「そこに案内しろ」

「わかったよ」

脇と名乗った男がカードテーブルの横を抜け、奥に進んだ。右側に手洗いがあり、その反対側に事務室があった。

荒巻は先に脇を事務室に押し入れ、自分も入室した。ひと目で筋者とわかる四十年配の男がパターの練習をしていた。

「警視庁だ。あんたが松倉だな？」

　荒巻は警察手帳をちらりと見せ、ゴルフクラブを握っている男を見据《みす》えた。

「松倉だが、ずいぶん荒っぽいことをやる刑事だね。それに、珍しい拳銃を持ってる。あんた、偽刑事じゃないの？」

「おれは特捜刑事なんだ。おれの相棒が来たんじゃないのか？　鷲津って男だ」

「そんな男は来なかったな。だいぶ前に赤坂署の森村って刑事《デコスケ》がここに訪ねてきたが、店内には入れずに追っ払ったよ。令状を持ってなかったんでな」

「いま、権藤はどこにいるんだ？」

「さあ、わからねえな」

「権藤が面倒を見てたサラ・ハミルトンの居所は？」

「サラは何日も見てないね。彼女がどうしたってんだい？」

「サラはいったん権藤から逃げたんだが、ドラッグの禁断症状に耐えられなくなって、またパトロンの許《もと》に戻ったはずだ」

「そうなのかい？　おれは知らねえな」

「権藤が〝エクスタシー〟をサラに与えつづけて、薬物中毒にさせたことはわかってるよな？」

「それ、何かの間違いだろ？　共和会《うち》は麻薬とは無縁だぜ。会長のお達しがあって、ドラッグ・ビジネスは一切《いっさい》禁じられてるんでね。へえ」

松倉が余裕たっぷりに笑った。バーテンダーの脇《わき》が追従《ついしょう》笑いをする。

荒巻は松倉たち二人を睨《にら》みつけ、壁際《かべぎわ》の飾り棚の扉を勝手に開けはじめた。

「おい、何しやがるんだっ。そこまでやる権利はねえはずだぜ」

松倉が抗議した。

「黙ってろ。おれは超法規捜査が許されてるんだ」

「はったり噛《か》ませやがって」

「ブラフじゃない」

荒巻は、松倉の足許に銃弾を撃ち込んだ。

跳弾《ちょうだん》が壁の油彩画を掠《かす》めた。松倉と脇が顔を見合わせ、相前後して伏し目になった。

荒巻は屈《かが》んで、飾り棚の最下段の扉を開いた。段ボール箱に詰まった錠剤が見つかった。

〝エクスタシー〟だった。百錠ずつ小分けにされ、ポリエチレンの袋に入っていた。

「段ボール箱に入ってるのは、ただのビタミン剤だよ」

松倉が言い訳した。

「ふざけるな」

「そいつを押収するのは勘弁してくれ。権藤の兄貴が個人的に愛人《レコ》たちに服《の》ませてる物なんだからさ。〝エクスタシー〟には催淫《さいいん》作用があるから、女どもがベッドでよがりまくるらしいんだ」

「こいつを全部、トイレに流してこい」

荒巻は脇《わき》に顔を向けた。

「勘弁してくれや。そんなことしたら、松倉の兄貴もおれも権藤さんに締められちまう。おそらく、小指飛《エンコ》ばすだけじゃ済まねえだろう」

「腕を撃たれたくなかったら、言われた通りにしたほうがいいな。錠剤をトイレに流さなかったら、おまえと松倉を射殺することになるぞ」

「くそっ」

脇が悪態《あくたい》をつき、歩み寄ってきた。段ボール箱を両手で持ち、事務室から出ていく。

荒巻は拳銃で松倉を威嚇《いかく》しながら、事務机の引き出しを次々に開けた。三番目の引き出しの奥にチャルコ357マグナム・パグが収まっていた。

アメリカ製の小型リボルバーだ。全長十六センチ弱だが、輪胴式弾倉《シリンダー》には五発のマグナム弾が入る。

荒巻はラッチを押し、シリンダーを左横に振り出した。五発装塡《そうてん》されている。

「この小型リボルバーは、権藤の護身銃なのか？」

「そいつは……」

「ちゃんと答えろ」

「そうだよ」

「これは押収する」

「なんとかならねえのかい？」

松倉が言った。荒巻は黙殺した。シリンダーを戻して、チャルコ357マグナム・パグを上着のポケットに入れる。

「なんてこった。きょうは厄日《やくび》だぜ」

「もう一度、同じ質問をする。鷲津は、本当にここに来なかったのか？」

「それはさっき言ったじゃねえかっ」

「正直にならないと、所轄署に令状を取らせることになるぞ。深夜だって、裁判所に令状の請求はできるんだ」

「わかったよ。実は、その鷲津って刑事はここに来た。そいつはおれの口の中にロシア製のサイレンサー・ピストルの先っぽを突っ込んで、権藤の兄貴とサラの居所を教えろと言ったんだ。けど、おれは本当に知らなかったんだよ。だから、そう言ったんだ。そうしたら、鷲津《ヤサ》って刑事は黙って店から出ていったよ。おそらくサラのマンションか、権藤の兄貴の家に行ったんだろうな」

「権藤に電話をかけろ」

荒巻は事務机を回り込み、松倉の横で足を止めた。同時に、銃口を松倉のこめかみに押し当てる。

「言われた通りにすらあ」

松倉が上着の内ポケットから携帯電話を取り出し、数字キーを一回だけ押した。短縮番号だろう。電話が繋《つな》がった。

「おれです。いま、警視庁の刑事がカジノに来てるんですよ」

「………」

「ええ、そうです」

「替われ」

荒巻は松倉の携帯電話を奪い取った。

「手入れなのか？」

相手が先に口を切った。

「そうじゃない。権藤だな？」

「ああ」

「事務机の引き出しに入ってた小型リボルバーを押収した。それから飾り棚の中に隠してあった〝エクスタシー〟は、いま、バーテンダーの脇《わき》って男に水洗トイレに流させてる」

「なんだと⁉」

権藤の狼狽《ろうばい》がありありと伝わってきた。

「所轄署の連中を踏み込ませれば、秘密カジノは即座に営業停止になる。あんたも銃刀法違反で逮捕される。それから、麻薬の所持でも法に触《ふ》れてるよな？　どの容疑にも目をつぶってやるから、鷲津とサラ・ハミルトンのことを喋るんだっ」

「鷲津なんて奴のことは知らないな。サラとは何日も会ってない。あの女、元気なのか？」

「空とぼけるなよ。あんたが〝エクスタシー〟欲しさに戻ってきたサラをどこかに隠してるんだろうが。それだけじゃない。サラを奪い返そうとした鷲津も子分に取っ捕まえさせた疑いがある」

「妙な言いがかりはつけないでくれ。おれたちは警察を敵に回したら、損するだけだってことを知ってる。どんな理由があるにせよ、刑事をどうこうするなんてことはあり得ない」

「裏取引する気がないんだったら、所轄署の連中を呼ぶほかないな」

「勝手にすればいいさ」

「開き直るつもりかっ」

「もう切るぜ」

「ちょっと待てよ」

荒巻は慌《あわ》てて制止した。しかし、すでに電話は切られていた。

「権藤の兄貴、尻《けつ》を捲《まく》ったようだな。おれの携帯、返してくれよ」

松倉が右手を差し出した。荒巻は携帯電話を二つに折り畳んで、松倉の掌《てのひら》に乱暴に載せた。

「赤坂署の奴らを呼びつける気かい？」

「そうしてほしいのか」

「おれも、もう開き直った。好きなようにしてくれ」

松倉が挑発した。

荒巻は松倉を足払いで倒し、事務室を出た。

すると、目の前に脇《わき》が突っ立っていた。荒巻は拳銃の銃把《グリップ》でバーテンダーの側頭部を撲《う》った。脇が突風に煽《あお》られたように体を泳がせ、通路に転がった。

――おれも、やることがだんだん荒っぽくなってきたな。鷲津《ワシ》の影響だろう。それはともかく、権藤の自宅に行ってみるか。女房が夫の居場所を知ってるかもしれないからな。

荒巻は自動拳銃をベルトの下に戻し、足を速めた。

4

両腕の自由が利かない。

鷲津は後ろ手錠を掛けられ、居間に這《は》わされていた。サラの自宅マンションだ。

この部屋のインターフォンを鳴らしたとき、鷲津は二人の男に両脇腹に銃口を押し当てられ、室内に押し込まれた。男たちは権藤の手下だった。

権藤は寝室でサラの柔肌を貪《むさぼ》っていた。サラは、鷲津の顔をまともに見ようとしなかった。薬物に克《か》てなかったことを恥じ入っているのだろう。

鷲津は寝室に接したリビングの床に這わされ、サイレンサー・ピストルと手錠を権藤の子分たちに奪われた。

寝室から情事の気配が生々しく伝わってきた。鷲津は耳を塞《ふさ》ぐこともできなかった。なんとも屈辱的だった。サラを救ってやれない自分を呪《のろ》いもした。

サラは、官能に火が点くことを懸命に抑《おさ》えている様子だった。それを感じ取ったのか、権藤は意地悪くサラの体を愛撫しつづけた。

やがて、サラは喘《あえ》ぎはじめた。喘ぎは、じきに淫蕩《いんとう》な呻きに変わった。〝エクスタシー〟の催淫作用が働きはじめたのだろう。

鷲津は権藤の欲情を殺《そ》ぎたくて、大声で罵《ののし》った。そのつど、手下たちに交互に腹や腰を蹴られた。それでも、鷲津は権藤を罵倒《ばとう》しつづけた。

権藤は意地になって、サラの裸身を弄《もてあそ》んだ。

サラは何度か抗《あらが》ったが、パトロンの手から逃《のが》れることはできなかった。ついに彼女は、極《きわ》みに押し上げられてしまった。

鷲津はショックを受けた。

しかし、サラを詰《なじ》る気にはならなかった。ただ、遣《や》り切れない気持ちだった。

サラは官能の炎を自ら消し止められなかったことが悔しかったらしく、ひとしきり涙にくれた。権藤は勝ち誇ったように高笑いをした。

それから、数十分が経過している。

もう二人の子分は、サラの部屋にはいなかった。ガウン姿の権藤がリビングソファに腰かけ、鷲津のサイレンサー・ピストルをいじっていた。サラは寝室に引きこもったままだった。

「サラを更生させたかったんだろうが、そうはさせねえ。あの女は、おれの愛人《レコ》なんだ」

権藤が言った。

「そっちの非合法ビジネスには目をつぶってやってもいい。ただし、条件がある。サラをおれに引き渡せ」

「てめえ、誰に物を言ってやがるんだっ。キャリアだからって、でっけえ口をたたくんじゃねえ。それにな、もうサラはおれから離れられっこねえんだ。〝エクスタシー〟なしじゃ、生きていけねえんだよ」

「おれが薬物とは縁を切らせる」

「おい、何様のつもりなんだっ。てめえは刑事のくせに、おれの情婦《おんな》をコマした。おれも、ずいぶん舐《な》められたもんだぜ」

「サラを自由にしてやれ」

「若造、口を慎《つつし》め！　てめえ、おれに命令してやがるのかっ」

「そうだ」

「粋《いき》がりやがって！」

「怒ったらしいな」

鷲津は口を歪《ゆが》めた。権藤が額に青筋を立て、マカロフPbの銃口を向けてきた。

「てめえの頭をミンチにしてやる」

「おれを殺す気になったのか?」

「そうだよ。てめえはサラに妙な気を起こさせただけじゃなく、おれの弱みも知った。生かしておいちゃ、都合《つごう》が悪いからな。ただな、あっさり殺したんじゃ、ちっとも面白くねえ。てめえをいたぶってから、あの世に送ってやらあ」

「どうやら本気らしいな」

「ああ、本気さ」

「おれに後ろ手錠を掛けたまま、撃《ハジ》くつもりなんだな?」

鷲津は問いかけた。

「そういうことになるだろうな」

「やくざは、侠気《おとこぎ》が売り物だろうが。そんな卑劣なことをやるなんて、チンピラ以下だな」

「き、きさま!」

「おれは命乞《ご》いなんてしない。しかし、手錠を掛けられたまま撃ち殺されるのは惨《みじ》めすぎる」

「おっと、その手にゃ乗らねえぞ。抜け目がなさそうだから、手錠《ワッパ》外したら、おれに組みつく気なんだろうが。そうだよな？」

「そんなことしないよ。そっちは、おれのマカロフを持ってるんだ。躍《おど》りかかろうとしたら、撃たれるに決まってる」

「ま、そういうことになるだろうな」

「死ぬ覚悟はできた。だから、殺される前に一服させてくれ。それから、スコッチも一杯飲みたいね」

「てめえのわがままを聞いてやる義理はねえ」

権藤が冷笑し、大声でサラを呼んだ。

サラが寝室から姿を見せた。真珠色のナイトウェアに身を包んでいる。

「刑事を撃ってみるか。え？」

権藤がサラに話しかけた。

「そんなこと、わたしにはできないわ」

「おまえを泥沼から救い出そうとしてくれた男に恩義を感じてるのか？　それとも、惚れちまったのかい？」

「あなた、鷲津さんを帰らせてあげて。わたしは、あなたのとこに戻ってきたんだから、それでいいでしょ?」

「鷲津は、おれに恥をかかせたんだ。赦《ゆる》すわけにはいかねえな。おれは、てめえの愛人《レコ》をその野郎に寝盗られたんだ。マラをちょん斬《ぎ》ってやりてえ気分だよ」

「わたしたち、ウィークリーマンションに一緒にいたけど、セックスなんてしてないわ。ほんとよ」

「嘘つけ! 男と女が密室にいて、何もなかっただと⁉ ふざけんな」

「わたし、禁断症状で苦しんでたのよ。おかしなことをする気になるわけないでしょ?」

サラが言い返した。

「ま、いいさ。これから、鷲津の前でおまえを抱いてやる。おれの前にひざまずいて、ナニをくわえてくれ」

「そんなことできないわ」

「どうして?」

「いくらなんでも、人のいる前で変なことはできないわ。アメリカ人だって、羞恥心《しゅうちしん》があるのよ」

「しゃぶらなかったら、おまえから先に撃ち殺すぞ」

「ええ、いいわ。撃ちなさいよ」

「てめえ、おれに楯突《たてつ》く気なのかっ」

権藤が立ち上がって、サラに駆け寄った。次の瞬間、サラはバックハンドで顔面を殴られた。彼女は悲鳴を洩らし、床に倒れた。

「生意気な女だ」

「シュートしてもかまわないわ」

「上体を起こせ！　それで、言われた通りにしやがれ」

権藤が声を張る。サラが肘《ひじ》を使って、上半身を起こした。と同時に、彼女は権藤の足許に唾《つば》を吐いた。

「て、てめーっ！」

権藤が目を剝《む》き、サラを蹴った。

サラはフローリングの床に横倒れに転がった。権藤がサラを蹴りまくり、顔面を踏みつけた。目が血走っている。

「もうやめろ！」

鷲津は諫《いさ》めた。

「てめえらは庇《かば》い合ってる。惚れ合ってやがるな」

「女を嬲《なぶ》って、どこが面白い？」

「うるせえ！　いま、いいことを思いついたぜ。鷲津、サラを姦《や》れ！　てめえらが体を繋《つな》いだら、二人の頭を撃ち抜いてやる。好きな女と交わってるときに死ねたら、最高だろうが？」

「おれは、どうなってもいい。だから、サラには何もするな」

「やっぱり、てめえらは好き合ってやがるんだな。おれを馬鹿にしやがって」

権藤がコーヒーテーブルを足で横に払い、近寄ってきた。ガウンのポケットから手錠の鍵を抓《つま》み出す。

反撃のチャンスだ。

鷲津は、ほくそ笑《え》んだ。

権藤がサイレンサー・ピストルを左手に持ち替え、鷲津の上体を引き起こす。

鷲津は、倒れているサラに目配せした。部屋から逃げろという合図だった。だが、そのサインはサラに伝わらなかった。

権藤が鷲津の背後に屈《かが》んだ。

数秒後、両手の手錠が外された。鷲津は振り向きざまに、肘打《ひじう》ちを放った。エルボーは権藤の胸板に入った。

権藤は口の中で呻いたが、すぐに跳《と》びすさった。そのすぐ後、鷲津は後頭部を銃把《グリップ》の底で強打された。一瞬、脳天が白くなった。両手で頭を抱えて、横に転がる。

「大丈夫？」

サラが言いながら、鷲津に抱きついた。

「ああ、平気だよ」

「血、出てない？」

「出てないようだ」

鷲津はサラの肩を抱いたまま、上体をゆっくりと起こした。

「見せつけてくれるじゃねえか。早くサラをかわいがってやれよ」

後ろで、権藤が言った。

「こんな状況じゃ、その気になれない。おれから先に撃て！」

「それじゃ、つまらねえんだよ。サラが素っ裸になりゃ、そっちも勃起《ぼっき》するだろう」

「おれの神経はデリケートなんだよ。まず反応しないな」

鷲津はサラを離れさせ、坐った状態で体の向きを変えた。権藤は二メートルほど離れた場所に立っていた。右手にマカロフPbを握っている。

二人の間には、手錠が落ちていた。腕を一杯に伸ばせば、なんとか届きそうだ。

「おかしな気を起こしたら、ぶっ放すぜ」

権藤が左手も銃把に添えた。

「警察官を殺したら、あなたはもう破滅よ。お願いだから、鷲津さんは解放して。その代わり、わたしはあなたの彼女でいるわ」

「もう遅いな。おれはな、ほかの男に抱かれた女には興味がなくなっちまうんだよ」

「わたしたちは、セックスなんかしてないと言ったでしょ」

サラが叫ぶように言った。

「女ってのは、生まれつき嘘つきなんだろうな。平気で嘘をつきやがる。おれの目は節穴《ふしあな》じゃねえ。おまえが鷲津に抱かれたかどうかは、すぐにわかったよ」

「わたしを信じて」

「黙れ！　おまえは売女《ばいた》だ。早く裸になって、床に仰向《あおむ》けになりやがれ」

権藤が苛立《いらだ》った。隙だらけだ。

鷲津は手錠を引っ掴んだ。片方を権藤の向こう臑《ずね》に叩きつける。

権藤の腰が砕《くだ》けた。

鷲津は膝を発条《ばね》にして、頭から権藤に突っ込んだ。頭突きを腹部に受けた権藤が、尻から床に落ちる。鷲津は権藤を押し倒し、右手首を掴んだ。

サイレンサー・ピストルが暴発する。発射された弾《たま》は照明具の金具に当たって、長椅子の後ろに落ちた。

「サラ、逃げろ！」

鷲津は声を発し、権藤の顔面にショートフックを見舞った。頬骨と肉が鳴った。濡《ぬ》れた毛布を棒で叩いたような音だった。

権藤が全身で暴《あば》れ、鷲津の左手を払った。

鷲津は両手を権藤の首に回した。喉を絞め上げたとき、額に冷たい物を押し当てられた。マカロフPbの先端だった。

「撃てよ。ほら、撃ってみろ！」

鷲津は顔を横に振り、権藤の喉《のど》を圧迫した。

権藤が目を白黒させながら、引き金《トリガー》を絞る。放たれた銃弾は鷲津の左側頭部すれすれのところを通過し、天井板を穿《うが》った。衝撃波で二、三秒、聴覚を失った。

「おれから離れろ！」

権藤が、またもやサイレンサー・ピストルの先を鷲津の額に密着させた。トリガーの遊び、はぎりぎりまで絞られていた。

これ以上の無理はできない。次のチャンスを待とう。

鷲津は身を起こした。

権藤が跳《は》ね起き、膝頭で睾丸《こうがん》を蹴り上げた。まともに急所を狙われ、鷲津は気が遠のきそうになった。唸りながら、頽《くずお》れる。

権藤のラビット・パンチが首筋に落とされた。鷲津は前のめりに倒れた。

「サラ、早く着てる物を脱げ！」

「わたしを殺してもいいから、鷲津さんは帰らせて」

「まだ、ぐずる気なのかっ」

権藤が怒鳴《どな》って、サラにつかつかと歩み寄った。

――奴は本気で怒ったようだ。危《ヤバ》いな。

鷲津は立ち上がった。気配で、権藤が振り向く。

そのときだった。サラがコーヒーテーブルの上の青銅の灰皿を摑んだ。それはすぐに投げつけられ、権藤の顎《あご》に当たった。

権藤が呻いて、棒立ちになった。サラが権藤の片脚に両手を掛け、掬《すく》い上げようとしている。

いまだ！

鷲津は権藤に組みつく気になった。

ちょうどそのとき、かすかな発射音がした。サラが右の肩口を左手で押さえ、後方に倒れた。権藤が振り返る。

「てめえは、床に腹這いになってろ！」

「話が違うじゃないか。おれたちが交わってるときに二人を殺すはずだったろうが」

「いいから、床に這いやがれ！」

「くそったれめ」

鷲津は不本意ながら、命令に従った。

権藤がマカロフPbを左手に持ち替え、サラのナイトウェアとランジェリーを荒々しく剝《は》ぎ取った。肩口から血の条《すじ》が垂《た》れ、乳房に赤い縞《しま》模様が生まれていた。

「何をする気なんだっ」

鷲津は口を開いた。

「さあ、準備完了だ。そっちも下だけ裸になって、サラのあそこを舐めまくってやれよ。クンニしてるうちに、おっ立つさ」

「サラから離れろ！」

「血を流して苦しがってる女は抱けないってわけか？」

「そうだ」

「なら、仕方ねえな」

権藤が冷ややかに言って、サラの左胸に銃弾を浴びせた。サラは体を跳《は》ねさせ、長く呻いた。

「わざと心臓部は外したから、すぐには死なねえよ。サラはおれを裏切ったわけだから、苦しみながら、ゆっくりくたばらせてえんだ」

「もう赦《ゆる》せない」

鷲津はコーヒーテーブルの脚《あし》を両手で掴み、立ち上がりざまに横に払った。首尾《しゅび》よく、コーヒーテーブルは権藤の腰に当たった。権藤がよろけて、片膝を床につく。鷲津は前に踏み込んで、権藤の背を思い切り蹴った。

権藤が前にのめる。

鷲津は覆《おお》い被《かぶ》さり、サイレンサー・ピストルを奪い取った。権藤の体が硬直する。顔は引き攣《つ》っていた。

「おれが悪かった。詫《わ》びを入れるから、撃たねえでくれ」

「見苦しい野郎だ」

「詫び料として、一千万用意する。それで、なんとか勘弁してくれねえか。な?」

「救いようのない屑《くず》だな。生きるだけの価値もない。あばよ」

鷲津は嘲笑し、権藤の頭部に二発撃ち込んだ。連射だった。

権藤は声ひとつあげずに綷切《こときれ》れた。床には、肉片と脳漿《のうしょう》が飛び散っている。濃い血臭《けつしゅう》で、むせそうだ。

鷲津はマカロフPbをベルトの下に挟むと、サラを抱き起こした。上半身は、血塗《まみ》れだった。

「サラ、しっかりするんだ。いま、救急車を呼んでやる」

「もう無駄よ」

「何を言ってるんだっ。権藤は殺したよ。だから、もう一度やり直せ！」

「ありがとう。でも、もうリセットできそうもないわ。あなたの顔もぼやけて、よく見えないの」

「サラ、もう何も言わなくてもいい」

「わたし、あなたの期待に応《こた》えたかったわ。そうできると思ってたんだけど、ドラッグの魔力には克《か》てなかった。弱い人間よね。あなたに会えて、よかったわ」

「サラ、目を閉じるな」

「うん、うん。でも、瞼《まぶた》が鉛みたいに重くなってきて……」

サラが言葉を途切らせ、目をつぶった。それから幾度か全身を痙攣《けいれん》させて、静かに息を引き取った。

――ツイてない人生だったな。安らかに眠ってくれ。

鷲津は、サラを強く抱きしめた。

まだ肌の温《ぬく》もりは残っていた。あまりにも若い死だ。鷲津は思わず涙ぐんでしまった。

「このままじゃ、恥ずかしいよな」

鷲津はサラの亡骸《なきがら》を横たえさせ、ランジェリーとナイトウェアをまとわせた。手に付着した血をハンカチで拭《ぬぐ》っていると、玄関のドアが開いた。

権藤の子分たちかもしれない。鷲津はベルトの下からサイレンサー・ピストルを引き抜き、物陰に隠れた。

居間に躍《おど》り込んできたのは、荒巻だった。イタリア製のコンパクト・ピストルを手にしている。

「おれは生きてるよ」

鷲津は大声で言って、姿を晒《さら》した。

「おまえとサラのことが心配になったんで、権藤の女房にここを教えてもらったんだが、手遅れだったな。サラは権藤に撃ち殺されたんだろ?」

「ああ。権藤は、おれが始末した」

「そうか。別働隊に二人の遺体を片づけてもらおう」

荒巻が懐から携帯電話を取り出した。

鷲津は、改めてサラの死に顔を見た。まるで眠っているようだ。それが、かえって悲しみを誘う。

鷲津は天井を仰《あお》いだ。涙の雫《しずく》が頬を伝いはじめた。

第四章　仕組まれた犯行声明

1

捜査資料を読み返した。

鑑識写真を捲《めく》りながら、荒巻は長く息を吐いた。アジトの古い洋館の応接間である。サラが射殺された翌日の正午過ぎだ。

向かい合った鷲津は、紫煙をくゆらせている。いつになく表情が暗い。サラを喪《うしな》った悲しみに打ちのめされているのだろう。

「マークした連中は、すべてシロと考えていいだろう。いったい誰が椎名一家を惨殺したのか。鷲津《ワシ》、これからどうする？」

「最初は怨恨《えんこん》による犯行と思ってたんだが、どうやらそうじゃなさそうだな。おれは、犯人の異常性が気になってきたんだ。加害者は四歳の子供まで刃物で執拗《しつよう》に傷つけ、犯行後も被害者宅に四時間も居坐って、しかも冷蔵庫の中のハムやチーズを貪《むさぼ》り喰《く》ってる。どう考えても、正常な心理じゃないよな？」

「そうだな」

「もしかしたら、異常殺人者の犯行なんじゃないだろうか」

「一種の快楽殺人だったんじゃないかと……」

「そういう可能性もあると思うんだ。過去の事件から、犯行の手口が似てるものをリストアップしてみようや」

「そうするか。ちょっと無線室に行ってくる」

荒巻はソファから立ち上がって、応接間を出た。

玄関ホールの隅に、地下室に通じているハッチがある。荒巻はハッチを開け、階段を下《くだ》った。

地下室は二部屋《ふたへや》に仕切られている。手前の無線室には、警察無線機と大型コンピューターが並んでいる。その右側は武器爆薬庫だ。スチール・ロッカーがびっしりと連《つら》なり、各種の銃器や爆薬が保管してある。

荒巻は無線室に入り、コンピューターに歩み寄った。

警察庁のホスト・コンピューターにアクセスし、衝動殺人の疑いのある事件をすべてチェックした。リストアップした加害者は、六人だった。いずれも男だ。その中で、羽太真《はたま》紀雄《きお》という前科者が気になった。

現在、四十三歳の羽太は十四年前に目黒区内で商社マン一家四人を殺傷し、九年の懲役刑を受けている。

被害者の中で殺されたのは、四十代の商社マンだけだった。その妻と二人の娘は大型カッターナイフでそれぞれ四、五カ所裂かれたが、全治三週間程度の怪我を負っただけだ。羽太は被害者一家とは一面識もなかった。所轄署の調書には、動機不明と記《しる》されている。羽太が犯行後、被害者宅に一時間以上も留《とど》まっていたことも明記してあった。捜査中の事案《じあん》と類似点がある。

荒巻は、羽太に関するデータをプリントアウトした。無線室を出て、応接間に戻る。荒巻はプリントアウトの束《たば》を相棒に手渡し、ソファに坐った。インスタントコーヒーは、すっかり冷めていた。

十分ほど経《た》つと、鷲津が顔を上げた。

「椎名の事案と犯行の手口に共通点があるな。荒巻《アラ》、羽太真紀雄を洗ってみよう。現在、羽太は目黒区大岡山《おおおかやま》の自宅で、ステンドグラスの工房を経営してるようだな」

「ああ。すぐに行ってみよう」

荒巻は先に立ち上がった。戸締まりをすると、二人は自分の覆面パトカーに乗り込んだ。

目的地に着いたのは、およそ四十分後だった。

羽太の自宅兼アトリエは、東京工業大学の裏手の住宅街の一画にあった。二階建てのありふれた民家だ。

羽太宅の前には、新聞社やテレビ局の車が縦に連《つら》なっていた。門の前の路上に報道陣が群がっている。

荒巻は数十メートル手前にフーガを停めた。車を降りると、真後ろの四輪駆動車から鷲津が出てきた。トレードマークのサングラスをかけている。オリーブグリーンのタートルネック・セーターの上に、焦茶のムートンジャケットを羽織っていた。

荒巻たちはテレビクルーや新聞記者を掻《か》き分け、羽太宅に向かった。門の前に、顔見知りの新聞記者がいた。毎朝新聞東京本社社会部の江口薫《えぐちかおる》記者だ。

三十一歳で、巨漢である。プロレスラーに見られることが多いと常々、ぼやいていた。

「江口君、何があったんだい？」

荒巻は声をかけた。

「おとぼけですか。去年の十一月に青梅署から本庁に異動になったこと、聞いてますよ」

「いま、おれは刑事総務課にいるんだ。現場捜査には携わってないんだよ。私用でたまたま近くまで来たんだが、報道関係者が集まってたんで、野次馬根性を出しただけなんだ」

「刑事総務課にいるんですか。てっきり捜一《そういち》の管理官になってると思ってたんですがね」

「そう」

「青梅署で何かポカをやっちゃったんですか？　有資格者《キャリア》が刑事総務課に配属になった前例はないでしょ？」

「だろうね」

「荒巻さんは、真っ正直だからな。キャリアの先輩を怒らせたんでしょ？」

「そんなことより、何があったんだい？」

「自称ステンドグラス作家の羽太真紀雄って男が、例の人気コメンテーターの椎名譲一家殺しの犯人は自分だと新宿のネットカフェから毎朝新聞東京本社《う　ち》に犯行メールを送りつけてきたんですよ」

「それは、いつのことなんだい？」

「今朝《け さ》の十時過ぎです。てっきりスクープ種《だね》だと思ってたんですが、羽太はマスコミ各社に同じメールを送信してたんです。それで、報道関係者がこんなに大勢集まっちゃったんですよ」

「そうだったのか」

「荒巻さんはご存じかもしれませんけど、羽太は十四年前に目黒区内に住む商社マン一家を殺傷して、九年ほど服役してたんです」

「で、本人はどう言ってるんだい？」

「羽太は、警察に自分はそんな犯行メールは送ってないと供述したそうです。ネットカフェの店員たちも客の中に羽太がいたとは証言してません」

「アリバイは？」

「一緒に暮らしてる母親の話によると、息子の真紀雄は今朝は十一時近くまで家から一歩も出てないらしいんですよ。しかし、家族が被疑者と口裏を合わせるケースはよくありますから、話を鵜呑《うの》みにはできませんけどね」

「ま、そうだな。で、羽太は在宅してるのかい？」

「いいえ。羽太は警察の事情聴取を終えると、姿をくらましたんですよ。危《ヤバ》いと思って、高飛びしたのかもしれません」

江口が言った。

「そうなんだろうか。羽太真紀雄がマスコミ各社に犯行メールを送信したんだとしたら、逮捕されることは覚悟してたはずだよ。だから、堂々と自分の名をメールに入れたんだろう」

「言われてみれば、逃げ回るのは変ですね」

「誰かが羽太に濡衣《ぬれぎぬ》を着せようとしたんでしょうか？」

「その可能性はあると思うね」

「荒巻さんの推測が正しいとしたら、羽太を陥《おとし》いれようとした謎の人物が椎名一家殺しの犯人臭いな」

「そうだね。それじゃ、また！」

荒巻は江口に背を向け、マスコミ関係者から離れた。路上にたたずみ、相棒に顔を向ける。

「鷲津《ワシ》は、どう思った？　羽太が本事案の犯人《ホシ》だと……」

「いや、違うだろうな。荒巻《アラ》がさっき言ってたように羽太という男が椎名一家を殺害したんだとしたら、捜査員や報道関係者から逃れようとはしないはずだ。本事案の真犯人が、衝動殺人を起こした羽太に罪を被せようと画策したんだろう」

「鷲津《ワシ》も、そう思うか。報道関係者が立ち去るまで時間を潰《つぶ》して、羽太のおふくろさんに会ってみよう」

「そうするか」

二人はおのおの自分の車に乗り込み、近くの自由が丘に向かった。

山の手の盛り場として古くから栄えてきた自由が丘駅周辺には気の利いたレストラン、洋菓子店、ブティック、輸入雑貨店、民芸品店などがある。二十数年前にオープンした『ラ・ヴィータ』はベネチアの街並を模し、小さな運河にはゴンドラが浮かび、小粋なブティックが軒を連《つら》ねている。そのあたりは、ＯＬ、女子大生、若い主婦などでいつも賑《にぎ》わっていた。女性誌のグラビア撮影にも、よく利用されている。

荒巻たちはカトレア通りに面したイタリアン・レストランに入り、三千五百円のランチコースを注文した。肉と魚介と三色のパスタを組み合わせたコースだ。

三千五百円にしては、味も量も充実していた。荒巻は豪快にイタリア料理を平らげたが、鷲津は半分近く残した。

「サラのことは残念だったよな。しかし、鷲津《ワシ》の腕の中で永遠の眠りについたことは、幸せだったと思うよ」

「おれがもっと知恵を働かせてれば、サラを死なせずに済んだだろう。それが悔《くや》しくてな」

「自分をあまり責めるなよ。鷲津《ワシ》は、できることはやったんだから」

「それでも、悔《く》いは残るさ」

「サラのことで、おれは鷲津《ワシ》を見直した。単なる女たらしじゃなかったことがわかって、なんか嬉《うれ》しくなったよ」

「サラは東洋人みたいに情《じょう》を大事にする女だったから、ついのめり込んじゃったんだと思う」

「当分、辛《つら》いと思うが、サラの分まで長生きしないとな」

「そうだな。荒巻《アラ》は、新大阪テレビの美人記者とはうまく行ってるのか？」

「うん、まあ。三上さんは美人だが、性格ブスじゃないみたいなんだ。ハートも美人なんだろう」

「小生意気だが、彼女は魅力があるよ。ちゃんと唾《つば》をつけておかないと、ほかの男にさらわれちまうぞ」

「そうなったら、ショックだろうと思うよ」

「惚《ほ》れた女は大事にするんだな」

「そうするよ」

二人は雑談を交わし、午後二時過ぎに店を出た。さらに近くにあるジャズクラブでライブ演奏を聴き、大岡山に引き返した。

羽太宅の前から、報道関係者の姿は消えていた。

荒巻たちは覆面パトカーを路上に駐《と》め、羽太宅を訪れた。インターフォンを鳴らすと、ポーチから七十歳前後の女性が現われた。羽太の母親だった。

「息子さんは？」

荒巻は身分を明かしてから、穏《おだ》やかに問いかけた。

「おりません。マスコミの人たちが押しかけたんで、家に戻って来れないんですよ。おたくさんたちも、真紀雄が評論家の一家を殺したと疑ってるんでしょ？」

「いいえ。われわれは、誰かがあなたの息子さんに濡衣を着せようと画策《かくさく》したのではないかと考えてるんです」

「ええ、きっとそうなんだわ。倅《せがれ》は十四年前に大変な事件を引き起こしてしまったけど、服役後は真面目に生きてきたんです。ステンドグラスの仕事では食べられないんで、ビル掃除のアルバイトをしてね」

「最近、真紀雄さんが何か人とトラブルを起こしたことは？」

「そういうことはありません。倅は子供のころから人づき合いが苦手で、友達もほとんどいないんですよ」

「息子さん、まだ独身なんですよね？」

「ええ、そうです。二十代のころは見合いパーティーに出席してたんですけど、交際した相手はいないはずです。真紀雄は色男じゃないし、高校を中退してからは職を転々としてたから、貯《たくわ》えもないんですよ。だから、女性には敬遠されちゃうんでしょう。でもね、いいとこもあるんです。無口だけど、他人の悪口は決して言わないの。それに手先が器用なもんだから、ステンドグラスも通信教育でマスターしたんですよ」

「そうですか。それじゃ、もっぱらステンドグラスの製作とバイトに明け暮れて、誰とも飲み喰《く》いはしてなかったんですね？」

「ひとりだけ外で会ってた方がいます。取材で数年前に倅を訪ねてきたフリーライターとは年に数回、居酒屋で飲んでました」

「そのフリーライターの名前は？」

「露木恭輔って方です。その方は前科者の追跡ルポを書くため、倅に取材を申し込んだんですよ。最初は真紀雄、渋ってたんですけど、説得されて取材に協力したんです」

羽太の母が答えた。

荒巻は鷲津と顔を見合わせた。露木は何らかの理由があって、どうしても椎名加奈と別れたくなかったのか。しかし、人妻である不倫相手は露木との仲を清算したがった。

露木は、そのことに腹を立てたのか。そして何らかの方法で羽太を唆《そそのか》し、椎名一家の三人を惨殺させたのだろうか。根拠があるわけではなかったが、そんなストーリーが頭に浮かんだ。

「息子さん、露木というライターを信頼してるようだったのかな？」

鷲津が話に加わった。

「ええ、そんな感じだったわね。だから、真紀雄は露木さんから飲みに誘われると、いそいそと出かけていったんだと思いますよ。わたしは露木さんには一回しかお目にかかってないけど、不器用な生き方しかできない男女には温かい眼差《まなざ》しを注《そそ》いでる感じだったわね。それだから、うちの子も心を開く気になったんでしょう」

「そうなのかもしれないな。通常フリーライターは取材対象者と何度も会ったりしないだろうから」

「ええ、そうでしょうね。真紀雄は露木さんと飲んだ晩は、いつも鼻歌を歌いながら、上機嫌で帰宅しました。別人みたいに表情が明るくなってね」

「そのフリーライターとは、よっぽど波長《はちょう》が合ったんだろうな」

「多分、そうなんでしょう。初めのうちは、倅がゲイかもしれないと思ったの。だって、真紀雄は露木さんの話をするとき、顔を少し赤らめたりしてたんで」

「息子さんに、その気《け》はあるのかな？」

「ありませんよ。自分の部屋にヘアヌードの写真集やエッチなDVDなんか積んであるから、性的にはノーマルでしょ？」

「そういうことなら、そうなんだろうね。ところで、息子さんは携帯電話を持ってるんでしょ？」

「持ってることは持ってるんだけど、わたしには電話番号を教えてくれないのよ。いつまでも子供扱いされて、ちょくちょく電話されたら、うっとうしいと思ったみたいね」

「そうなのかもしれないな。息子さん、何日かホテルに泊まる気なんでしょ？」

「ええ、そうなんだと思うわ」

「投宿先に見当はつかない？」

「ううん、全然。真紀雄は若いころから計画性がなかったし、気まぐれな性分《しようぶん》だから、居場所もわからないわね」

羽太の母が口を結んだ。

荒巻は目顔《めがお》で引き揚げようと告げ、羽太の母親に礼を述べた。彼女は、すぐに家の中に引っ込んだ。

「気まぐれな男なら、ひょっこり帰宅するかもしれないな。鷲津《ワシ》、車の中で羽太が戻るのを待ってみるか？」

「それじゃ、時間を無駄にすることになりそうだ。露木の自宅マンションに行ってみよう。フリーライターが、なぜ羽太とつき合いを深めたのか、妙に気になってきたんだ。単に羽太と話が合っただけとは思えないんだよ。露木は何か企《たくら》んでて、羽太と接触しつづけてたのかもしれない」

鷲津が言った。

「露木が何か企んでたとしたら、羽太を巧《たく》みにマインド・コントロールして、椎名一家の三人を惨殺させたんじゃないのかな？」

「どうして、そういう推測をしたんだ？」

「フリーライターには、椎名加奈と別れたくない理由があったんじゃないだろうか」

荒巻《アラ》はそう前置きして、自分の推測を語った。

「荒巻《アラ》の推測通りだったとしたら、露木が羽太を本事案《ほんじあん》の犯人に見せかけようとしたことになるな。つまり、椎名一家殺しの真犯人はフリーライターってことになるわけだろ？　いや、待てよ。事件当日、露木はフィリピンにいたんだな。自分では手を汚せない」

「ああ、そうだな。露木は何か必要に迫られて、本事案の被疑者を捜査当局にマークさせたかったのかもしれない」

「何か複雑なからくりがあるんだろうか。荒巻《アラ》、これから露木の自宅マンションに行って、探《さぐ》りを入れてみよう」

「そうするか」

二人は自分の車の運転席に入った。荒巻は、先に覆面パトカーを走らせはじめた。すぐに鷲津の四輪駆動車が従《つ》いてくる。

参宮橋に着いたのは、三十数分後だった。

荒巻たちはマンションに走り入り、露木の部屋に急いだ。インターフォンを鳴らし、ドアをノックしてみる。

だが、留守のようだった。

「外で張り込もう」

「ああ」

二人は、ほぼ同時に踵《きびす》を返した。

2

深夜になった。

鷲津は生欠伸《なまあくび》を嚙《か》み殺した。張り込みは、いつも自分との闘いだった。

マークした人物をひたすら待つ。焦《じ》れたら、ろくな結果は招かない。

鷲津はカーラジオのスイッチを入れた。

チューナーをFMヨコハマに合わせると、ソウルフルなR《リズム》&B《ブルース》が流れてきた。何年か前に病死したジェームズ・ブラウンのヒットナンバーだった。

その曲が終わったとき、マンションの横に灰色のマークX《エックス》が停まった。ヘッドライトが消され、ハザードランプが点滅しはじめた。

運転席から降りたのは、露木だった。フリーライターは小走りに自宅マンションのアプローチを駆け、エントランスロビーに入った。

鷲津は荒巻の携帯電話を鳴らした。

「マークXから、露木が降りたのを見たよな?」

「ああ。ハザードランプが瞬《また》いてるから、すぐに出かける気なんだろう」

「多分、露木は部屋に何かを取りに戻っただけなんだろうな。荒巻《アラ》、露木の車をリレー尾行しよう。おれが先に出るよ」

「わかった」

荒巻が電話を切った。鷲津は携帯電話を懐に戻し、ラジオの電源をオフにした。
五、六分経《た》つと、露木がマンションの敷地から走り出てきた。すぐにマークXに乗り込み、発進させる。

　鷲津は口の中で十まで数えてから、ジープ・チェロキーを走らせはじめた。後ろから荒巻のフーガが従《つ》いてくる。

　マークXは裏通りをたどって、甲州《こうしゆう》街道に出た。明大前《めいだいまえ》方面に進み、調布《ちようふ》市の外れにあるファミリーレストランの駐車場に入った。

　鷲津たち二人も、覆面パトカーを駐車場の端に停めた。

　露木が慌《あわ》ただしく車を降り、店内に足を踏み入れた。鷲津はさりげなく四輪駆動車から出て、ファミリーレストランに近づいた。

　嵌《は》め殺しのガラス窓越しに店の中を覗《のぞ》く。フリーライターは窓際の席で、四十代前半の男と何か話し込んでいた。

　背後で、足音が響いた。相棒の荒巻だった。鷲津は黙って露木たちを指さした。

　鷲津は振り向いた。

「一緒にいるのは、羽太真紀雄だよ」

　荒巻が低く呟いた。

「どういうことなんだろうか。露木は、羽太を椎名一家事件の犯人に仕立てられたかどうか確かめてるのかね？　それとも、羽太を陥れた人物に心当たりがあるとでも喋ってるんだろうか」

「さあ、どっちなのかな。面が割れてるから、客になりすまして店内に入るわけにはいかない」

「おれがサングラスをかけて、露木たちの席の近くに坐ろうか？」

「いや、サングラスをかけてたら、かえって目立つよ。店の外で待機して、二人が別々になったら、鷲津《ワシ》は露木を追ってくれ。おれは羽太と接触する」

「わかった。羽太が露木の車に乗ったら、リレー尾行を再開するんだな？」

鷲津は確認し、自分の車の中に戻った。荒巻もフーガに足を向けた。

露木と羽太が連れだって店から出てきたのは、三十数分後だった。

もう日付が変わっていた。二人はマークXに乗り込んだ。羽太が坐ったのは助手席だった。

ほどなくマークXが駐車場を出た。

鷲津は追尾《ついび》しはじめた。数十メートル後ろから、フーガが追ってくる。

露木の車は調布ＩＣ《インターチエンジ》から、中央自動車道に入った。主に右の追い越しレーンを疾駆《しっく》し、高速で進んだ。

鷲津たちは前後になりながら、マークXを追走した。

やがて、露木の車は大月JCT《おおつきジャンクション》に差しかかった。左に折れ、都留《つる》方面に向かった。直進すれば、河口湖《かわぐちこ》ICにぶつかる。

――何か事情があって、露木は羽太を富士五湖周辺のホテルに潜伏させる気なんだろうか。そうだとしたら、フリーライターが羽太を本事案の犯人に仕立てようと画策したんじゃないな。いや、そう考えるのは甘いか。露木は羽太を陥《おとし》れながらも、味方を演じつづけてるのかもしれない。

鷲津は運転しながら、あれこれ推測してみた。

マークXは河口湖ICを出ると、富士パノラマラインに入った。右手には河口湖があり、左側は別荘地とゴルフ場が点在している。

その先の左側には、青木ヶ原樹海が拡《ひろ》がっているはずだ。その反対側に西湖《さいこ》があり、奥まった場所に精進《しょうじ》湖と本栖《もとす》湖がある。四つの湖は富士山の北麓《ほくろく》に並んでいるが、山中《やまなか》湖だけは東寄りにある。

露木の車は本栖湖の手前にあるモーテルに入った。

フリーライターとステンドグラス作家は、特殊な関係だったのか。鷲津は一瞬、そう思った。だが、それは早とちりだった。二人は別々の部屋に引きこもった。

鷲津たちはモーテルの斜め前の林道に覆面パトカーを停め、張り込みはじめた。

それから間もなく、荒巻から電話がかかってきた。

「鷲津《ワシ》、どういうことなんだろう？　露木たちは何をしようとしてるのかね？」

「フリーライターは、羽太を潜伏させようとしてるんじゃないみたいだな。そうだとしたら、露木はひとまず東京に戻るはずだから」

「ああ、そうだな。ひょっとしたら、露木は羽太を陥れようとした人物に見当がついてるんじゃないのかな？」

「そう考えれば、露木が東京に戻らない説明がつくな。二人は、羽太を椎名一家殺しの犯人に仕立てようとした奴と対峙《たいじ》する気になったんだろうか」

「そうなのかもしれない。あるいは、その相手を強請《ゆす》る気になったんじゃないのかな？」

「強請る気になった？」

　鷲津は訊《き》き返した。

「そう。多少、名前が知られていても、フリーライターが経済的にそれほど恵まれてるとは思えないんだ。羽太にしても、ステンドグラスの製作だけでは喰《く》えないという話だったじゃないか」

「そうだな。脅迫してる相手が椎名一家を誰かに殺害させた証拠を露木は摑んだんだろうか」

「二人が誰かから金を脅し取ろうとしてるんだったら、そうなんだと思うよ」

「露木たちは本事案の首謀者《しゅぼうしゃ》から、億単位の口止め料をせしめる気でいるんだろうか」

「その疑いはあるんじゃないか。それはそうと、交代で仮眠を取ろう。おそらく露木たちは夜が明けるまで動きださないと思うんだ。だから、鷲津《ワシ》、先に仮眠を取ってくれ。二時間後に電話で起こすからさ」

「そっちが先に仮眠を取ってくれ。おれは眠れそうもないんだよ」

「鷲津《ワシ》、サラのことは早く忘れろ。薄情な言い方になるが、死者は生き返ることはないんだ。自分をいたずらに責《せ》め、サラの死を悲しんでも、生産的なものは何も生まれやしない。だから、辛《つら》いだろうが、できるだけ過去は振り返らないことさ。それが遺《のこ》された者の生活の知恵だよ」

「わかってるんだ、それはな。しかし、まだサラが死んで間もないから、悲しみが深くってな」

「そうだろうな。わかったよ。先におれが仮眠を取らせてもらう」

通話が終わった。

鷲津は携帯電話を折り畳み、ヘッドレストに頭を預けた。そのとたん、サラのありし日の姿が脳裏に蘇《よみがえ》った。

どの表情も生き生きとしていた。サラは自分の死など少しも予感していなかったにちがいない。それだけに一層、憐《あわ》れに思えた。

これまで多くの女たちと関わってきた。戯《たわむ》れに肌を重ねた相手を含めれば、優に百人は超《こ》える。しかし、誰とも半年以上は交際していない。

鷲津は親密な関係になった女が羞恥心《しゅうちしん》を忘れると、たちまち気持ちが冷めてしまう。自分の前で平気で着替えをしたり、化粧をする女の無神経さには耐えられなかった。

鷲津は、羞恥心の度合で愛情の深さを測《はか》っていた。恥じらいを失った女が心底、自分を好《す》いてくれているとは思えない。

数え切れないほど抱き合った仲でも、男女の間にはある種の緊張感が必要なのではないか。少なくとも、エチケットは守るべきだろう。

かつて鷲津は、女優並の美女とつき合ったことがある。彼女は頭の回転が速《はや》く、官能的でもあった。

だが、神経がひどくラフだった。その美人は鷲津の前で平然と洟《はな》をかみ、放屁《ほうひ》もした。それだけで、幻滅《げんめつ》してしまった。

アメリカ人でありながら、サラは神経が濃《こま》やかだった。ただし、つき合いは浅かった。交際期間が長くなれば、彼女の欠点も見えてきたかもしれない。

しかし、サラはその前にこの世から消えた。それだからか、哀惜《あいせき》の念《ねん》が強かった。悲しみが癒《いえ》るまで、もうしばらく時間がかかりそうだ。

鷲津は煙草を喫《す》いながら、フロントガラス越しにモーテルの出入口を注視しつづけた。

荒巻から電話がかかってきたのは、午前四時過ぎだった。

「仮眠を取り終えたよ。今度は、おまえが少し寝たほうがいい」

「おれは大丈夫だ。眠れそうもないから、このままのポジションでかまわないよ」

「いや、おれがチェロキーの前に出る」

「荒巻《アラ》、いいって」

鷲津は言った。

ちょうどそのとき、モーテルの出入口からグレイのマークXが走り出てきた。露木の車だ。助手席には、羽太が坐っている。

鷲津はそのことを早口で荒巻に教え、携帯電話を懐に収めた。この時刻なら、車の量は多くないだろう。

鷲津は充分に車間距離を取ってから、四輪駆動車を走らせはじめた。荒巻の車が従《つ》いてくる。

マークXは国道一三九号線に出ると、本栖湖方面に向かった。

まだ東の空がわずかに明け初《そ》めただけで、あたりは薄暗い。めったに車とは擦《す》れ違わなかった。

鷲津は慎重に尾行しつづけた。後方のフーガも、たっぷりと車間距離を取っている。

露木の車は湖尻《こじり》のバス停の先で、右に曲がった。そのまま湖岸道路を走り、ボート桟橋《さんばし》の横に停まった。

車を降りたのは、羽太だけだった。マークXは、ほどなく走り去った。羽太は背を丸めながら、ボート桟橋の突端まで歩いた。

鷲津は相棒に電話をかけた。

「そっちは、露木の車を追ってくれ」

「了解！」

荒巻が電話を切り、フーガを急発進させた。

鷲津は車を湖岸道路の端に停止させ、ボート桟橋に目を向けた。羽太は足踏みしながら、煙草を吹かしていた。

富士五湖で最も透明度が高い本栖湖の水も墨色《すみいろ》にくすんでいる。朝陽《あさひ》が射《さ》せば、湖面も美しく輝くのだろう。

鷲津は左右を見た。

羽太のほかには、まったく人影は見当たらない。ボート小屋も、ひっそりと静まり返っている。

羽太は人待ち顔だった。露木の代理人として、脅迫相手に会うつもりなのか。そして、証拠物件と引き換えに現金を受け取る気でいるのだろうか。

数分が過ぎたころ、湖心《こしん》から白っぽいモーターボートが走ってきた。羽太が伸び上がって、右腕を大きく振った。

鷲津はグローブボックスから、ドイツ製の双眼鏡を取り出した。すぐに両眼に当てる。

モーターボートは桟橋の近くまで来ていた。操縦席には、暴力団関係者と思われる三十代半《なか》ばの男が坐っていた。ダウンパーカは赤だった。口髭《くちひげ》を生やしている。

モーターボートが桟橋に横づけされた。

羽太がモーターボートに乗り込んだ。口髭の男がモーターボートを大きく旋回《せんかい》させ、湖心に向かった。

鷲津はボート桟橋の周《まわ》りを見た。手漕《こ》ぎボートが舫《もや》われているだけで、モーターボートは一隻も浮かんでいない。

モーターボートは、反対側の湖岸に向かったのだろう。

鷲津は車を走らせはじめた。

左回りに湖岸道路を半周する。だが、どこにも船着場はなかった。

鷲津はジープ・チェロキーを停め、ふたたび双眼鏡を覗《のぞ》いた。

白っぽいモーターボートは湖心のあたりに漂っていた。船上で、羽太と口髭の男が揉み合っている。モーターボートは揺れに揺れていた。

やがて、羽太が膝から崩れた。胸のあたりを手で押さえている。刃物で刺されたのだろう。

口髭の男がしゃがみ込み、シート状の物を羽太の顔に被《かぶ》せた。

三分ほど経過すると、ボートの揺れが小さくなった。羽太は息絶えたらしい。

口髭の男が羽太の足首にコンクリート片《へん》を括《くく》りつけた。重しだろう。

やくざっぽい男は羽太をモーターボートから投げ落とすと、湖水で両手を洗った。血を洗い流したのか。

口髭の男は操縦席に坐ると、モーターボートを勢いよく走らせはじめた。

舳先《へさき》は、鷲津のいる方に向けられている。鷲津は双眼鏡を下げ、ベルトの下にサイレンサー・ピストルを差し込んだ。

車を降りようとしたとき、急にモーターボートが針路を変えた。ボート桟橋に向かいはじめた。

鷲津は覆面パトカーをUターンさせ、来た道をフルスピードで戻った。ボート栈橋が視界に入ったとき、またもやモーターボートが船首を変えた。ボート栈橋の対岸に向かったのである。

——湖畔のどこかに口髭の男の仲間がいるんだな。そいつがこっちのことを怪しんで、携帯で教えたんだろう。

鷲津は、わざと車を発進させなかった。

双眼鏡で、モーターボートの動きを追う。モーターボートは対岸に向かって疾走していた。白い航跡が鮮やかだ。

鷲津は車をバックさせ、今度は右回りで湖を半周した。

ボート栈橋のほぼ真向かいに着くと、すでにモーターボートは湖岸に乗り上げていた。口髭の男が操縦席から、汀《みぎわ》に飛び降りた。

鷲津はジープ・チェロキーから静かに降り、湖畔の繁みの中に身を潜《ひそ》めた。赤いダウンパーカの男が近づいてくる。

鷲津はマカロフPbを引き抜き、繁みから躍《おど》り出た。口髭の男が立ち竦《すく》む。

「なんの真似《まね》だよ」

「モーターボートの上で、羽太真紀雄を殺したなっ」

「なんの話だか、さっぱりわからねえな」

「死んだ羽太を湖に投げ捨てたところまで見てるんだ。なぜ、羽太を始末した？　その前に、おまえの正体を明かしてもらおうか」

　鷲津は言って、サイレンサー・ピストルのスライドを引いた。

「それ、モデルガンなんだろ？」

「答えをはぐらかすな！　どこの組員なんだ？」

「おれは堅気だよ。地元の人間なんだ。自動車修理工場を経営してるんだが、モーターボートの操縦が唯一の趣味なんだよ。だからさ、毎朝、湖に来てるんだ」

「無駄は省《はぶ》こうや」

「え？」

　相手が問い返した。

　鷲津は、口髭の男の足許に銃弾を撃ち込んだ。相手が後ずさって、中腰になった。

「次は体のどこかを撃つぞ」

「あんた、頭がイカれちゃってるんじゃねえの？　いきなりぶっ放すなんて、まともじゃねえよ」

「これ以上の時間稼ぎはさせない」

鷲津は言うなり、口髭の男の右腕を撃った。男が呻《うめ》いて、体を斜めにした。そのまま後方に倒れた。男が歯を喰《く》いしばりながら、長く唸《うな》った。


「ヤー公だな?」

「一年前まで極友会《きよくゆう》系の組織に足《ゲソ》つけてたんだが、ちょいと問題を起こして、破門になっちまったんだ。だから、喰《く》うために、裏便利屋みたいなことをやってんだよ」

「名前は?」

「中村《なかむら》だよ」

「羽太を始末してくれって、誰に頼まれたんだ?」

「あんた、何者なんでえ? 正体がわからなきゃ、何も言えねえな」

「おれは、フリーライターの露木恭輔の知人だよ。露木が金になりそうな恐喝材料を摑んだようだから、獲物を横奪《よこど》りする気になったわけさ」

鷲津は、もっともらしい嘘《うそ》をついた。

「そうなのか」

「羽太は露木の代わりに、口止め料を受け取りに本栖湖までやって来たんだろ?」

「…………」

「世話を焼かせるなって」

「詳しいことは何も聞いてねえんだ。おれは羽太って野郎を始末すれば、一千万の成功報酬を貰《もら》えると言われたんで、モーターボートの上で標的をナイフで刺して、ゴムシートで窒息死させただけなんだよ」

中村と名乗った男が震え声で言った。

鷲津は中村の胸倉《むなぐら》を摑んで、一気に引き起こした。その直後、斜め前で銃声が響いた。狙撃銃《そげき》の銃声だった。

中村の体が吹っ飛ぶ。迸《ほとばし》った鮮血が鷲津の顔面を汚した。倒れた中村の頭部は、半分近く欠《か》けていた。

鷲津は腰を落として、体ごと振り返った。湖岸道路に黒いフェイスキャップを被った男が立っている。黒ずくめだ。レミントンの狙撃銃を構えている。

鷲津は先に発砲した。

すぐに相手が反撃してきた。どちらの弾《たま》も的《まと》から少し外れていた。

鷲津は二発目を放とうとした。

引き金を絞る前に、狙撃者が背を見せた。鷲津は斜面を駆け上がり、湖岸道路に出た。

黒いフェイスキャップで顔面を隠した男の姿は搔《か》き消えていた。

遠ざかるワンボックスカーが小さく見えた。狙撃者は、仲間の車に乗ったにちがいない。いまから追っても無駄だろう。

鷲津は斜面を駆け降り、頭を撃ち砕《くだ》かれた中村の所持品を検《しら》べた。身許のわかる物は何も持っていなかった。携帯電話も所持していない。モーターボートも、おそらく盗んだものだろう。

鷲津は相棒に電話をかけ、経過を伝えた。

「おれのほうも、露木の車を見失ってしまったんだ」

「手がかりを摑みかけたんだが、仕方ないな。ボート桟橋の前で落ち合って、ひとまず東京に戻ろう」

「そうだな」

荒巻が力なく言って、先に電話を切った。

鷲津は足許の小石を蹴《け》ってから、湖岸道路に駆け上がった。

3

何かが鳴っている。

携帯電話の着信音だった。

荒巻は眠りを破られた。跳《は》ね起き、サイドテーブルに片腕を伸ばす。

北新宿にあるマンスリーマンションの自室だ。本栖湖から帰宅したのは、午前八時前だった。荒巻はひと休みしてから、電話で田代警視総監に本栖湖での出来事を報告し、ベッドに潜《もぐ》り込んだのだ。

携帯電話を掴み上げる。発信者は田代だった。荒巻は瞼《まぶた》を擦《こす》って、携帯電話を耳に当てた。

「いま山梨県警本部長から情報がもたらされたんだが、フリーライターの露木恭輔のネーム入りコート、運転免許証、名刺入れなどが本栖湖畔の雑木林で見つかったそうだ。人の争ったような痕跡《こんせき》もあったらしいから、露木は殺害されたのかもしれない」

「露木の死体は、まだ発見されないんですね？」

「ああ。別の場所に遺棄《いき》されたんじゃないだろうか。それからね、羽太真紀雄の水死体も午前十時ごろ、ボート釣りをしてた男性によって見つかったそうだ。検視の結果、窒息死と思われるということだったよ」

「相棒の話と符合しますね。羽太をボートの中で殺した元やくざの中村って男は、湖岸で何者かにレミントンで頭部を撃ち抜かれたらしいんですが……」

「その男の遺体も、午前中のうちに発見されたそうだよ。中村信治《しんじ》は確かに極友会的場《まとば》組を破門になってから、裏便利屋で喰《く》ってたみたいだね。別働隊に中村の交友関係を洗うよう指示しておいた」

田代が言った。

「助かります。中村を狙撃したフェイスキャップの男は、プロの殺し屋だったのかもしれません。中村を雇った人物に頼まれて、最初っから元やくざを始末することになってたんじゃないのかな？」

「そうなのかもしれない。それから、きみが見失った露木もレミントンを使った男が雑木林の中で襲ったと考えられる」

「ええ、そうですね。羽太と露木の両方が殺害されたとしたら、二人は椎名一家殺しの真犯人を強請《ゆす》ってたのかもしれませんね」

荒巻は相棒と推測したことを語った。

「きみら二人の読みが当たってるのかどうかわからないが、露木の自宅マンションをチェックしてみる必要がありそうだね」

「ええ、露木の自宅に行ってみます」

「そうしてくれ。別働隊が何か手がかりを摑んだら、すぐ伝えるよ」

田代が電話を切った。

荒巻は終了キーを押した。それを待っていたように、着信ランプが灯《とも》った。電話をかけてきたのは、三上由里菜だった。

「意識を取り戻した叔父が、あなたと鷲津さんに会いたがってるの。でも、まだ職務で忙しいんでしょ？」

「ようやく事件の真相が透けてきたところなんだ」

「それなら、京都に来てもらうことは無理ね？」

「事件が解決したら、必ず京都に行くよ。相棒が同行しなくても、おれは絶対にそっちに行くから」

「ありがとう。荒巻さん、捜査も大事だけど、命を粗末にしないでね。あなたにもしものことがあったら、わたし、発狂しちゃうかもしれないから」

「オーバーだな」

「ほんとよ。もしかしたら、後追《あとお》い自殺しちゃうかもしれないわ」

「殺し文句だね。とにかく、もう少し時間をくれないか。おれも早く三上さんに会いたいよ」

「下の名前で呼んで。苗字《みようじ》で呼ばれると、なんか距離を置かれてるみたいで……」

「そのうちね。いずれ、連絡するよ」

荒巻は通話を切り上げた。由里菜といつまでも話し込んでいたら、特殊任務を放棄《ほうき》しそうな気がしたからだ。

鷲津に連絡を取ろう。

荒巻はベッドに腰かけ、相棒の携帯電話をコールした。あと数分で、午後三時だ。

電話が繋《つな》がったのは十数秒後だった。

「まだ寝てたみたいだな？」

「そうなんだ。横になったのは、午前十一時過ぎだったんだよ」

「そいつは悪かったな。実は、田代さんから新情報が入ったんだ」

荒巻は警視総監から聞いた話をそのまま伝えた。

「中村って元組員を狙撃したフェイスキャップの男が湖畔の雑木林で露木恭輔を殺害して、死体を別の場所に運んだんだろうか」

「おれは、そう思ってる」

「荒巻《アラ》、露木が自死したとは考えられないか？　羽太がモーターボートの中で殺されたことを知って、露木はそのうち自分も狙撃されると感じ、死の恐怖に克《か》てなかった」

「それは考えにくいな。露木は、椎名一家殺害事件の黒幕に見当をつけて、そいつに揺さぶりをかけたようなんだぜ。しかも、自分は表面には出ないで、羽太を代理人にしたと思われる」

「そうだな」

「そこまで頭の働く奴が羽太が殺されたからって、ビビるわけないよ。少なくとも、自殺なんか考えないさ」

「なら、露木は自分が誰かに殺されたと見せかけて、意図的《いとてき》に姿をくらましたんじゃないか。脅迫してる相手を油断させるためにな」

「なるほど、そういう可能性も全面的には否定できないな。自分が殺害されたことにすれば、露木に弱みを握られた奴は刺客を差し向けなくなる。鷲津《ワシ》の推測は見当外れじゃないのかもしれない」

「雑木林の中にコート、運転免許証、名刺入れだけが落ちてたなんて、なんか作為的《さくい》だろ？　人の争った跡があるという話だったが、その程度の偽装工作は露木自身ができるからな。何よりも、遺体が林の中になかったことが怪しいよ」

「そうだな。それはそれとして、午後四時に参宮橋の露木のマンションの前で落ち合おうや。フリーライターの部屋に忍び込んで家捜しすれば、何か謎を解くヒントを得られるかもしれないからな」

「わかった。そうしよう」

鷲津が電話を切った。

荒巻は顔を洗ってから、手早く着替えを済ませた。空腹だった。荒巻は部屋を出ると、近くの日本そば屋に入った。

カツ丼を掻《か》っ込んでから、覆面パトカーで参宮橋に向かった。露木の自宅マンションに着いたのは、三時四十五分ごろだった。

フーガの中で十分ほど待つと、鷲津が四輪駆動車でやってきた。きょうも、ラフな恰好《かっこう》をしていた。例によって、サングラスで目許《めもと》を覆っている。

荒巻たちは車を路上に駐《と》め、露木の部屋に急いだ。鷲津が心得顔でピッキング道具を取り出したが、ドアはロックされていなかった。

荒巻は先に室内に入った。

玄関マットに複数の靴痕があり、それは奥まで点々と散っていた。

荒巻たちは居間まで進んだ。リビングソファがことごとく裏返しにされ、布が引き剝《は》がされていた。

床には、酒壜《さかびん》や置き物が散乱している。マガジンラックの雑誌も引き抜かれ、サイドテーブルの上に乱雑に積んであった。

「誰かが物色したことは明らかだな。おれは、そっちをチェックしてみるよ」

鷲津が言って、ベッドのある洋室に足を踏み入れた。

荒巻は居間の左手にある和室に入った。畳の上には、客用らしい夜具が二組投げ出されている。箪笥《たんす》の引き出しも開けっ放しで、衣類が食《は》み出していた。

荒巻は部屋の隅々《すみずみ》まで目をやったが、事件に関わりのありそうな物は何も見つからなかった。居間に戻ったとき、ちょうど鷲津が寝室から姿を見せた。

「どうだった？」

荒巻は問いかけた。

鷲津が無言で首を横に振った。荒巻はパソコン・デスクに歩み寄った。フロッピーディスクやＵＳＢメモリーは、どこにも見当たらない。

鷲津が書棚の中から、ファイルを抜き出した。荒巻は相棒の横に立って、ファイルの中身を確認した。

部屋の主が月刊誌や週刊誌に寄稿したルポ記事が発表順にファイルしてある。だが、掲載記事の切り抜きが入っていない頁《ページ》があった。タイトルラベルには『コンビニ店主の怪死／月刊実話トピックス平成二十五年十月号』と記《しる》されている。

「この部屋を物色した奴が、露木の掲載記事のスクラップを持ち去ったようだな」

鷲津が言った。

「ああ、おそらくな。『月刊実話トピックス』を発行してるのは、確か世相社《せそうしゃ》という雑誌社だったと思う」

「そうだよ。新橋《しんばし》駅の近くに本社があるはずだ。荒巻《アラ》、世相社に行ってみよう」

「ああ」

荒巻は同意した。鷲津がファイルを書棚に戻した。

二人は露木の部屋を出て、エレベーターで一階に降りた。それぞれ覆面パトカーに乗り込み、新橋に向かった。

世相社はJR新橋駅から五、六百メートル離れた場所にあった。八階建ての細長いビルだった。

荒巻は先に玄関ロビーに入り、受付嬢に身分を告げた。

「ご用件は？」

「『月刊実話トピックス』の編集長に寄稿家の露木恭輔さんのことをうかがいたいんですよ」

「わかりました」

「編集長のお名前は？」

「甘利敏宏《あまりとしひろ》です。少々、お待ちください」
二十三、四歳の受付嬢が愛想よく言って、内線電話をかけた。遣《や》り取りは短かった。
「六階の編集部をお訪ねください」

受付嬢が告げた。荒巻は鷲津と一緒に奥のエレベーターホールに足を向けた。

六階に上がると、目の前が目的の編集部だった。右手に事務机が十卓ほど並び、左手に編集長席があった。その机の前に、応接ソファセットが置かれている。

甘利編集長は四十代の後半に見えたが、ファッションは若々しかった。自己紹介が済むと、荒巻たちはソファに並んで腰かけた。

「それで、ご用件は？」

甘利が言いながら、荒巻の前に坐った。

「去年、露木さんは『月刊実話トピックス』の十月号に寄稿してますよね？」

「ええ、〝コンビニ店主の怪死〟というタイトルで単発の原稿を書いてもらいました。四百字詰めの原稿用紙に換算すると、約三十枚の分量ですね」

「その記事の写しを分けてもらいたいんです」

「露木氏が何か事件に巻き込まれたんですか⁉」

「詳しいことは申し上げられませんが、その可能性があるんです。ご協力いただけると、ありがたいんですがね」

荒巻は言った。甘利が快諾《かいだく》し、女性の部下に指示を与える。

「記事の内容は?」

鷲津が甘利に訊《き》いた。

「いまから一年四カ月ほど前に多摩《たま》市でコンビニの加盟店の店主がニュータウンの団地の調整池に落ちて水死したんですが、その男はまったくの下戸《げこ》だったんですよ。塙幸三郎《はなわこうざぶろう》という名で、亡くなった当時は満五十五歳でした」

「通常、調整池は高い金網で囲まれてるんじゃないのかな?」

「ええ、そうですね。でも、ザリガニなんかを獲《と》ってる子供たちがフェンスの一部を壊して、自由に出入りできたらしいんですよ。しかし、調整池は擂《す》り鉢《ばち》状になってて、斜面はだいぶ急なんです。酔っ払ってもない五十男が夜の十時過ぎに、そんな危険な場所に近づくとは考えにくいでしょ?」

「そうだな。自殺する気だったなら、話は別だけどね」

「塙というコンビニ店主は、嫁いだ娘の長男を翌日、東京ディズニーランドに連れていくことを楽しみにしてたらしいんです。その孫にブランド物の子供服を買ってあげるとも約束してたというんですよ」

「所轄署は事故死として処理したんですね？」

荒巻は相棒よりも先に口を開いた。

「ええ、そうです。斜面の防護壁に店主が滑った痕跡が残ってたんで、多摩中央署は誤って池に落ちて溺死《できし》したと判断したようです。塙という店主は金槌《かなづち》だったらしいんですよ。そんなことで、司法解剖も行政解剖もしなかったというんです」

「露木さんは他殺の疑いを懐《いだ》いて、独自に取材してたんですね？」

「そうです。他殺を裏付けるような材料もあったんですよ」

「それは、どんなことなんです？」

「水死した塙という男は、コンビニ業界で急成長中の『ハッピーマート』のフランチャイズ加盟店のオーナーだったんですが、本部会社が不透明な名目で売上金の一部を吸い上げてると二年あまり前からクレームをつけて、強く説明を求めてたんです」

「本部会社は、ちゃんと回答したんですかね？」

「回答はしたようですが、塙氏は納得できなかったみたいですね。それで、フランチャイズ加盟契約も白紙に戻してくれと要求してたようなんですよ」

甘利が言って、歩み寄ってくる女性編集者に目を向けた。彼女は露木の署名記事のコピーの束《たば》を手にしていた。

甘利がそれを受け取り、ざっと目を通した。それから、コピーの束を差し出した。

「どうぞお持ちになってください」

「ありがとうございます」

荒巻は記事の写しを手に取って、文字を目で追った。

筆者の露木は塙が事故死したと決定づける根拠がないことを枕に振りながらも、他殺の疑いは拭《ぬぐ》えないと強く訴えていた。論理的な展開で、それなりに説得力があった。ただ、他殺と断定する決定的な証拠はなかった。

荒巻は、コピーの束をそっくり相棒に回した。鷲津が記事を黙読しはじめる。

「露木氏の原稿によると、『ハッピーマート』の本部会社は約八千の加盟店から開業時に保証金、商品代、成約預託金《よたくきん》を貰い、毎月、総売上の三十六パーセントをロイヤルティーとして集金してるようですね。店の家賃、水道光熱費、人件費は加盟店オーナーの負担になってます」

「記事によると、本部会社はそのほかに〝経営指導料〟として、各加盟店から月々三万から五万円を取ってるとなってます」

「ええ、そうですね。死んだ塙氏は、それが不当なピンはねではないかと、本部会社にクレームをつけてたんです」

「そうみたいですね。塙幸三郎という男が殺されたんだとしたら、本部会社が怪しいな」

「露木氏もそう感じて、『ハッピーマート』の本部会社に取材を申し込んだらしいんです。しかし、にべもなく断られたと言ってました。フランチャイズ加盟店から、不当な金を吸い上げてることが事実だからなんでしょうかね？」

「そこまではわかりませんが、フリーライターに〝経営指導料〟のことを鋭く衝《つ》かれるだけでも、企業イメージは間違いなくダウンします。だから、露木さんは取材拒否されたんでしょう」

「そうなんだろうか」

「『ハッピーマート』の本部会社から、露木さんの原稿に対する苦情や抗議はありました？」

「こちらには、その類《たぐい》のクレームはまったくありませんでした。ただ、露木氏には何度も脅迫電話がかかってきたそうです。ボイス・チェンジャーを使ってたとかで、脅迫者の年《とし》恰好《かっこう》は判然としなかったようですがね」

「露木さんは、脅迫電話を受けただけなんだろうか。夜道で暴漢に襲われそうになったり、無灯火の車に轢《ひ》かれそうになったことはなかったんですかね？」

「何度か不審者に尾行されたことはあったみたいですが、身に危険が迫ったことはないはずですよ」

「そうですか。死んだ塙幸三郎さんの奥さんが加盟店の経営を引き継《つ》いでるんですかね?」

「いや、もうコンビニは閉めたはずですよ。未亡人はアパートの家賃収入で、生活してるそうです。もしかしたら、塙氏の奥さんは長女夫婦を呼び寄せて同居してるのかもしれませんね。コンビニをやってた店の近くに塙氏の自宅があるようですから、そちらに行かれてみたら、どうでしょう?」

「そうします」

「露木氏が誰かに命を狙《ねら》われてるんだとしたら、塙氏の死の真相を探《さぐ》ってるうちに、何か大きな悪事を嗅《か》ぎつけたんでしょう」

甘利が言って、腕時計を見た。多忙なのだろう。

荒巻たちは謝意を表し、『月刊実話トピックス』の編集部を出た。世相社を後《あと》にし、多摩市に向かう。

塙の自宅を探し当てたのは、一時間数十分後だった。

未亡人は、長女夫婦や孫と一緒に暮らしていた。まだ五十二、三歳だが、やはり独り暮らしは心細かったのだろう。

来訪者が刑事だとわかると、未亡人の弘子《ひろこ》はわざわざポーチまで出てきた。娘の夫はともかく、孫に余計な話を聞かせたくなかったのだろう。

「亡くなられたご主人は〝経営指導料〟まで払わされるのは納得できないと『ハッピーマート』の本部会社に再三、説明を求めてたんですよね？」

荒巻は確かめた。

「ええ、そうです。本部会社の野沢広隆《のざわひろたか》専務が二度もここにやって来て、もっともらしい説明をしてくれました。ですけど、夫もわたしも納得できませんでした」

「どうしてなんです？」

「本部会社の社員が月に一、二度は加盟店の様子を見に来てたんですが、一遍《いっぺん》も経営指導なんか受けたことはなかったんですよ。それなのに、ロイヤルティーのほかに毎月三万円も謝礼を払わされるのは、理不尽すぎるわ。夫は、おそらく本部会社が雇った犯罪のプロに調整池に突き落とされて、溺《おぼ》れ死んでしまったんでしょう。主人、泳げなかったんですよ」

「フリーライターの露木さんとは面識がありますね？」

「ええ、もちろんです。露木さんは主人が事故死に見せかけて殺されたにちがいないと言って、その証拠を必ず摑むと約束してくれたんです」

「そうですか」

「まさか露木さんまで殺されてしまったんじゃないでしょうね？」

未亡人が不安顔になった。

「殺されてはいないと思いますが、何者かに命を狙われてるようです」

「本部会社の野沢専務が都合の悪い主人を先に始末させ、今度は露木さんの口を封じさせようとしてるんだと思うわ。野沢は物腰は柔らかいけど、どこか狡《ずる》そうな男だから。まだ五十代の半《なか》ばなのに、老獪《ろうかい》ぶりがすっかり身についた感じなんですよ。あの専務は、とんでもない曲者《くせもの》だと思うわ」

「女性の勘は鋭いっていいますから、ちょっと調べてみましょう。突然、お邪魔して申し訳ありませんでした」

荒巻は一礼し、鷲津とともに塙宅を出た。

4

焦《じ》れてきた。

もう十五分も待たされている。鷲津は、無意識に貧乏揺すりをしていた。

西新宿にある『ハッピーマート』の本部会社の専務室だ。十二階だった。役員会議中だとかで、野沢専務の姿はない。

変死した塙の未亡人に会った翌日の午後四時過ぎだった。

「悪い癖だな」

かたわらに坐った荒巻がそう言い、鷲津の太腿《ふともも》を軽く叩いた。

「貧乏揺すりのことか？」

「そうだ。こっちまで落ち着かなくなるから、いい加減にやめてくれ」

「おれはエコノミー症候群になりたくないんで、わざと脚《あし》を小刻みに動かしてるんだ。血流が悪くなってるはずだからな。もう十五分以上もソファに坐りっぱなしなんだぜ」

「かわいげのない男だ」

「専務は会社では偉いさんなんだろうが、客を平気で待たせるなんて思い上がってる」

「鷲津《ワシ》、それは違うぞ。おれたちはアポなしで、ここにやってきたんだ。少しばかり待たされたって、文句は言えない。鷲津《ワシ》こそ、ちょっと思い上がってるぞ。ぶつぶつ言ってないで、もう少し待とう」

「荒巻《アラ》はおれと違って、優等生だからな。いい子とはつき合いづらいよ」

「退屈しのぎにセメントマッチでもするか？」

「受けて立とうじゃないか」

鷲津は半《なか》ば本気で身構えた。

ちょうどそのとき、専務秘書の稲葉千穂《いなばちほ》が入室してきた。二十七、八歳で、知的な美人である。プロポーションも申し分ない。

「お待たせしてしまって、申し訳ありません。お茶、冷めてしまいましたでしょ？　コーヒーでもいかがでしょう？」

「コーヒーはいらないから、早く野沢さんにお会いしたいな」

「もうじき役員会議が終わると思いますので、いま少し……」

「待たせてもらいます。どうかお気遣《きづか》いなく」

荒巻が先に口を開いた。

千穂が目礼し、専務室から出ていった。秘書室は同じ階《フロア》にあるようだ。

「また善《い》い人を演じやがったな。偽善者め！」

「鷲津《ワシ》、そんなに殴られたいのか？　だったら、にやけた面《つら》に正拳《せいけん》を叩き込んでやる」

「上等だ」

鷲津は腰を浮かせかけた。そのとき、五十代半ばの男が専務室に入ってきた。押し出しがよく、縁なしの眼鏡をかけていた。

「専務の野沢です。役員会議がすっかり長引いてしまってね。お待たせして申し訳ない」

「警視庁の荒巻です。連れは鷲津といいます」

相棒が、そつなく挨拶《あいさつ》した。鷲津はなんとなく面白くなかったが、何も言わなかった。

「秘書の話によると、亡くなられた加盟店オーナーだった塙幸三郎さんのことで聞き込みにいらしたとか？」

野沢がそう言いながら、荒巻と向かい合う位置に腰かけた。

鷲津はそのことも気に喰《く》わなかったが、口には出さなかった。言えば、相棒に大人げないとからかわれるような気がしたからだ。

「多摩ニュータウンの団地の調整池に落ちて溺死した塙さんのことは、気の毒だと思ってます。ようやく加盟店の売上が伸びた矢先のことでしたからね」

「塙さんは、本部会社に〝経営指導料〟のことでクレームをつけてたんだよな」

鷲津は言った。野沢がしげしげと鷲津の顔を見た。初対面にもかかわらず、ぞんざいな口を利いたからだろう。

「連れは口の利き方を知らない男ですが、悪気はないんですよ。それで、どうなんでしょうか？」

荒巻が野沢の顔をうかがった。

「クレームをつけられたんではなく、塙さんには説明を求められたんですよ。フランチャイズ加盟契約時に〝経営指導料〟については、きちんとご説明したんですがね。しかし、塙さんはよく話を聞いてなかったようで、納得できない支出と感じられたようです。ですが、ご説明後は納得していただけましたよ」

「未亡人の話とは、だいぶ喰《く》い違ってるな」

鷲津は呟《つぶや》いた。

「塙さんの奥さんは、どうおっしゃってたんです?」

「旦那《だんな》は〝経営指導料〟を一種のピンはねと受け取って、いずれ告訴に踏み切る気でいたと言ってたね」

「未亡人は塙さんの一方的な見解をそのまま信じて、本部会社に不信感を持たれてたんでしょう。それだから、そのような悪意に満ちた言い方をしたんだと思います」

「話が大きく喰い違う場合は、たいていどちらかが嘘をついてるんだよな」

「言いがかりをつける気なんですかっ」

野沢が顔をしかめ、両手で白髪《しらが》混《ま》じりの髪を撫《な》でつけた。鷲津は、左手首の超高級腕時計を見逃さなかった。スイス製の宝飾時計は、一千万円以上する代物《しろもの》だった。

専務の年収は、並のサラリーマンよりも多いだろう。しかし、一千万円以上もする腕時計を買えるだけの余裕があるのか。それ、一千万以上はするんでしょ？」

「いい腕時計をお持ちなんだな。それ、一千万以上はするんでしょ？」


「ええ、まあ。わたしはこれといった趣味もないんで、ちょっと贅沢《ぜいたく》な買物をしたんですよ。そんなことよりも、〝経営指導料〟のことで加盟店オーナーさんから苦情が寄せられたことはないんです。不透明だとおっしゃったのは、亡くなられた塙さんだけだったんですよ。それも後日、ご納得していただけました」

「そうだとしたら、なぜ塙さんは奥さんに自分の早とちりだったと話さなかったのかな？」

「恥ずかしかったんでしょうね、自分の早とちりを認めることが」

「そうなんだろうか。塙さんは、まったくの下戸《げこ》だったんだ。そんな人間が深夜、調整池に近づくかな。強《したた》かに酔っ払って、池に放尿する気だったということなら、合点がいくけどね」

「妙な言い方をするな。何が言いたいんです？」

「多摩中央署は塙さんが酒気《しゅき》を帯びてないんで、誤って調整池に落ちたと判断したんだろうが、事故説にはうなずけないな」

「どうしてです？」

「死んだ塙さんは金槌だった。そんな人間が深夜に破れたフェンスを潜《くぐ》って、調整池に近づくなんて考えられない。どう考えたって、話に無理があるでしょうが！」

「酒は飲んでなくても、急に立ち小便をする気になったのかもしれんでしょ？　といって、道端で用を足すことには抵抗があった。それで、団地の調整池に放尿するつもりだったんじゃないのかな？」

「これは一般論なんだが、泳ぎの苦手な者は海、川、池には不用意には近づかない傾向がある。水辺に寄ると、自然に足が竦《すく》んでしまうからなんだろうな」

「それはそうだろうが、金槌がみな、そうだとは限らんでしょ？」

「もちろん、例外はあるだろうね。しかし、塙さんは水死した翌日、孫を東京ディズニーランドに連れていく約束をしてた。尿意を堪《こら》えきれなくなったとしても、本能的に危険な場所には近づかないんじゃないかな？」

「彼は仕事のことではなく、私的なことで何か悩んでたのかもしれないでしょ？」

「自殺をしたとは思えないな。塙さんはかわいがってた孫にブランド物の子供服も買ってやると言ってたんだ。孫をがっかりさせるようなことは絶対にやらないと思うがな」

「そうかもしれないが……」

野沢は言い澱《よど》んだ。荒巻が短い沈黙を突き破った。

「話は違いますが、ライターの露木恭輔さんが去年の秋、世相社が発行してる『月刊実話トピックス』に塙さんの死に関する署名原稿を書いたことはご存じですよね？」

「秘書の千穂、いや、稲葉がその雑誌を買ってきてくれたんで、ざっと記事を読みましたよ。しかし、他殺説を裏付ける事柄は何も書かれてなかった。単なる臆測《おくそく》ばかりでしたね」

「野沢さんは当然、気分を害されたんでしょ？　塙さんが本部会社に〝経営指導料〟が不《ふ》明瞭《めいりょう》だと騒ぎ立てて、納得のいく回答を求めてたという話を書かれてたわけですから」

「会社ぐるみで不正をしてるような印象を読者に与えかねないんで、正直、腹が立ちましたよ。しかし、告訴騒ぎを起こしたら、さらに企業イメージが悪くなると判断して、ほうっておくことにしたんです」

「そうですか。露木さんは、問題の〝経営指導料〟のことで取材に訪れたんでしょ？」

「いいえ、一度も取材は受けてません。露木というフリーライターは塙さんの言い分を鵜《う》呑《の》みにして、原稿を書いたにちがいない。ジャーナリストとしては失格だな。双方の話をちゃんと取材してから記事を執筆すべきなのに、それを怠《おこた》ってる。推測だけでセンセーショナルな記事を書き、原稿料を稼いでる三流のライターなんでしょうね」

「この会社に一度も取材に来なかったという話が事実なら、ジャーナリストとして問題だな。そんな安易な取材方法をつづけてたら、ライターとして通用しなくなりますからね。失礼を承知で、もう一度うかがいます。露木さんは、この会社には一度も取材に来なかったんですね？」

「ええ、そうです。わたしが嘘をついてるとでも思ってるのかっ」

野沢が息巻《いきま》いた。

「不愉快な思いをさせてしまって、申し訳ありません」

「わかってもらえれば、それでいい。もうじき納入業者が来社するんですよ。そろそろお引き取り願えると、ありがたいな」

「長居されると、ボロが出る？」

鷲津は会話に割り込んだ。

「無礼な男だな。きみは、わたしを犯罪者扱いする気なのかっ。それ以上、失礼なことを言ったら、弁護士と相談して、きみを告訴するぞ」

「どうぞお好きなように」

「もう我慢できん。二人とも帰ってくれ！」

野沢専務が立ち上がって、出入口を指さした。

鷲津は首を竦《すく》め、目配せした。二人は、ほぼ同時に腰を上げた。

専務室を出て、エレベーターで地下二階の駐車場まで下《くだ》る。函《ケージ》を出ると、荒巻が鷲津の片腕を乱暴に摑んだ。

「鷲津《ワシ》、相手はずっと年上で、社会的地位もあるんだ。タメ口《ぐち》を利くなんて、礼儀を知らなすぎる。その上、おまえは野沢専務を怒らせてしまった」

「わざと野沢を怒らせたのさ。奴は専務秘書のことを最初、千穂と呼び捨てにしたよな？」

「ああ。二人は親密な間柄なんだろうか」

「おそらく野沢は稲葉千穂に手をつけて、愛人にしてるんだろう」

「そうなのかもしれないな」

「荒巻《アラ》、野沢の超高級腕時計を見ただろ？　野沢の年収が三、四千万だとしても、かなり贅沢《ぜいたく》な買物だぜ。おれは野沢が会社の金を着服してると睨《にら》んだんだ。そういうことなら、秘書を愛人として囲えるだろうし、スイス製の宝飾腕時計も買える」

「鷲津《ワシ》は、野沢専務が個人的に問題の〝経営指導料〟を懐に入れてるんじゃないかと疑ってるんだな？」

「ああ。加盟店の売上によって、〝経営指導料〟は月に三万から五万ほど本部会社に吸い上げられてるようだが、その総額はでっかいぜ」

「そうだな。仮に一店舗三万円としても、フランチャイズ加盟店は約八千だから、毎月、二億四千万が転がり込む計算だ」

「ああ。野沢がそれをそっくり着服してるとしたら、裏金でとんでもない贅沢ができる。仮に半分程度横領してたんだとしても、愛人の面倒を見ることぐらい楽にできるはずだよ」

「そうだな。おれは、野沢専務が露木とは会ったこともないと言ってたことを疑ってるんだ。鷲津《ワシ》は、どう思った？」

「署名原稿を月刊誌や週刊誌に書いてるフリーライターが一方的な取材だけしかしなかったとは考えられないよ」

「そうだよな」

「野沢は露木の取材を受けたと認めたら、何かと自分が不利になると考えたんだろう。だから、あんなことを言ったにちがいないよ」

「きっとそうだな。それはそうと、これからどうする？」

「手分けして、『ハッピーマート』の加盟店を回ろう」

「それでオーナーに会って、〝経営指導料〟のことをどう思ってるのか探《さぐ》るんだな？」

「ああ。それから、露木の取材を受けた店主がいるかどうかも確かめてみよう」

「わかった。鷲津《ワシ》は港区《みなと》と中央区《ちゆうおう》にあるフランチャイズ店を回ってくれ。おれは、渋谷区、新宿区、世田谷区あたりの店を訪ねてみる」

「何かわかったら、連絡し合おう」

鷲津は相棒に言って、先にジープ・チェロキーに乗り込んだ。『ハッピーマート』の本部会社を出ると、四谷《よつや》経由で赤坂に回る。

地下鉄赤坂駅の近くに『ハッピーマート』のフランチャイズ加盟店があった。

覆面パトカーを店の少し手前に停めた。レジには、アルバイト店員と思われる若い男がいるきりだった。オーナーは店の奥で在庫のチェックをしているのかもしれない。

鷲津は車を降り、コンビニエンスストアに足を踏み入れた。

客は三人しかいなかった。鷲津はレジの若い男に刑事であることを明かし、店主との面会を求めた。

「少々、お待ちください」

アルバイト店員らしい若い男が奥の事務室に足を向けた。

待つほどもなく彼は、五十代の店主と一緒に戻ってきた。オーナーは漆原《うるしばら》という姓だった。鷲津は用件を告げた。若い男は、いつの間にか、レジの前に戻っていた。

「どうぞ奥に」

漆原が案内に立った。

鷲津は六畳ほどの広さの事務室に入った。スチール・デスクと長椅子《いす》があるだけで、床には商品が所狭しと置かれている。

漆原が鷲津を布張りの長椅子に腰かけさせ、自分は事務用の回転椅子に坐った。

「こちらも毎月、本部会社に〝経営指導料〟を取られてるんでしょ？」

鷲津は切り出した。

「ええ、うちは四万円を払ってるんですが、本部会社の指定銀行の口座に月々のロイヤルティーに二万円プラスして振り込んでますよ。残りの二万円は、関連会社の口座に入金してます」

「関連会社名は？」

「『エンジェル・コーポレーション』です。でもね、そこはペーパーカンパニーだと思います」

「ペーパーカンパニー？」

「というよりは、正しくは幽霊会社というべきなんだろうな。『エンジェル・コーポレーション』は、会社登記されてないんですから。おそらく本部会社の野沢専務あたりが裏金をプールする目的で、口座をこっそり開いたんでしょうね」

「なぜ、そう思うのかな？」

「『ハッピーマート』は典型的な同族会社で、創業者が会長、その長男が社長、次男が副社長を務めてるんです。発行株の約六割を創業者一家が持ってるんですよ」

「野沢専務は、創業者の会長に目をかけられてたんで、役員になれたのかな？」

「ええ、その通りです。野沢専務は商才を創業者に買われてるんですよ。納入業者をおだてまくって、仕入れ値をうまくダウンさせてるんです。会長の二人の息子は苦労知らずだから、値引き交渉が下手みたいなんですよ。『ハッピーマート』を急成長させることができたのは、会長と野沢専務の力があったからでしょう」

「専務は遣《や》り手なんだね」

「ええ。創業者に何か恩義があるのか、会社を大きくすることに心血《しんけつ》を注《そそ》いできたと思いますよ。しかし、所詮《しょせん》は創業者の番頭に過ぎません。会長の息子たちの上に立つことはできないと考え、会社の金をうまく抜く気になったんでしょう」

「加盟店オーナーたちは、〝経営指導料〟の半分を野沢が個人的に着服してることに気づいてるんだろうか」

「気づいてる店主は少なくないと思いますよ。しかし、そのことを表沙汰《ざた》にしたら、野沢専務に店を潰《つぶ》されてしまうかもしれません。専務は納品してる業者とのつき合いが上手だから、その気になれば、商品搬入もストップできるんですよ」

「多摩の加盟店主だった塙幸三郎さんが亡くなったことはご存じでしょ?」

「ええ。塙さんとは年に一回、オーナーの慰安旅行で顔を合わせてたんです。熱血漢で、面倒見のいい方だったな。塙さんは曲がったことが嫌いだったから、本部会社に〝経営指導料〟がどうも曖昧《あいまい》だから、納得できるように説明してくれって談判《だんぱん》してたようですね」

「それは間違いないんだ」

「やっぱり、そうなんですか。そんな塙さんが足を滑らせて水死したと聞いたとき、一瞬、殺されたのかもしれないと思っちゃいましたよ。でも、警察が事故死と断定したんだから、他殺じゃなかったんでしょ?」

「多摩中央署は事故死と断定したわけだが、果たして、そうだったのかどうか」

「刑事さんは、他殺と考えてるようですね?」

漆原が声を潜《ひそ》めた。

「まだ他殺と断定はできないが、その可能性はあると思うな」

「そうだとしたら、野沢専務が横領の発覚を恐れて、塙さんを調整池に突き落としたんでしょうか?」

「そうなのかもしれない。ところで、フリーライターの露木恭輔が塙幸三郎の死の真相を探《さぐ》りに訪れなかった？」

「ここには来ませんでしたが、中央区月島三丁目でフランチャイズ店を営んでるオーナー仲間のとこには現われたようですよ」

「そのオーナーの名前は？」

「生方昌親《うぶかたまさちか》さんです。五十一だったかな」

「月島に行ってみます。ご協力、ありがとう」

鷲津は事務室を出た。

四輪駆動車で、月島に向かう。三十分そこそこで、生方の店に着いた。

オーナーは漆原の名を出すと、急に警戒心を緩《ゆる》めた。漆原とは信頼し合っているのだろう。さきほどと同じように、鷲津は店の奥にある事務室に通された。八畳ほどのスペースで、ソファセットもあった。

向かい合って腰かけると、鷲津はすぐに本題に入った。

「フリーライターの露木恭輔が、こちらに取材に来たそうだね？」

「ええ、去年の九月にね。上旬だったかな。露木というフリーライターは、塙さんが事故に見せかけて殺されたと思うと自信ありげに言ってましたよ」

「その根拠については？」

「そこまでは教えてくれなかったな。でも、確信はありげでしたね。塙さんが〝経営指導料〟のことを突《つつ》かなきゃ、もっと長生きできたはずだとも言ってたな」

生方が言って、セブンスターをくわえた。釣られて鷲津も煙草に火を点けた。ふた口ほど喫《す》ってから、彼は店主に顔を向けた。

「あなたの店も、漆原さんと同じように毎月、〝経営指導料〟を二万円ずつ本部会社と『エンジェル・コーポレーション』に払ってるのかな?」

「うちは五万円払ってますから、二万五千円ずつ二つの口座に振り込んでます」

「漆原さんは『エンジェル・コーポレーション』の分は、野沢専務の裏金かもしれないと言ってたが……」

「わたしも、そう思ってますよ。しかし、そのことで騒ぐ気はありません」

「野沢に睨まれて、営業妨害されたくないから?」

「それもありますけど、『ハッピーマート』を発展させたのは野沢専務の力だと評価してるからですよ。しかし、同族会社ですから、野沢さんは専務止まりでしょう。功労者なんだから、会社の金を少しぐらい懐に入れてもいいと思うな」

「しかし、余計な金を払わされてるのは約八千人の加盟店オーナーなんです。腹が立たないのかな?」

「確かに理不尽だとは思いますよ。しかし、四、五万の金を出し渋って、店を潰されてしまったら、元も子もないでしょ？　だから、騒ぐ気になれないんだ。だけど、野沢専務が保身のため、塙さんを殺したんだとしたら、赦《ゆる》せないね」

「露木恭輔は塙さんの言い分を聞いただけじゃなく、本部会社側からも取材したと思うんだが……」

「露木さんは一度、野沢専務に会ったと言ってましたよ。しかし、専務は塙さんが言ってることは難癖だと一蹴《いっしゅう》したそうです。それで、その後の取材は拒否されたみたいですね」

「やっぱり、そうだったか。役に立つ話を聞けたな」

「もういいんですか？」

生方が拍子抜けしたような顔で問いかけてきた。

鷲津は謝意を表し、ほどなく辞去した。

コンビニエンスストアを出たとき、暗がりに走り入る人影があった。専務秘書の稲葉千穂だった。

――野沢に指示され、会社からおれをずっと尾《つ》けてきたらしいな。おれたちの動きが気になるのは、野沢は疚《やま》しさを感じてるからだろう。

鷲津は千穂に気づかなかった振りをして、さりげなく覆面パトカーに乗り込んだ。そのとき、千穂が路地に逃げ込んだ。

鷲津は口の端をたわめ、相棒の携帯電話をコールした。

荒巻は渋谷区内のフランチャイズ加盟店を辞した直後だという。鷲津は、聞き込みの結果を伝えた。

「こっちも同じ証言を得たよ。どうやら塙幸三郎の死に野沢は深く関わってるな」

「荒巻《アラ》、そいつは間違いないよ。おれは、専務秘書に尾行されてたんだ」

「えっ⁉」

「野沢の会社に取って返して、奴を徹底的にマークしよう」

「わかった」

荒巻の声が途切れた。

鷲津は携帯電話を折り畳み、車のエンジンを唸《うな》らせた。

第五章　驚くべき真相

1

セルシオが停止した。

銀座七丁目にある飲食店ビルの前だった。午後八時を回っていた。

荒巻はフーガを路肩《ろかた》に寄せた。

並木通りだ。数十メートル後方にジープ・チェロキーが見える。

黒塗りの高級国産車の運転席から中年男性があたふたと降り、後部のドアを恭《うやうや》しく開けた。野沢がセルシオから出て、馴《な》れた足取りで飲食店ビルの中に入っていった。

専務は職場から、まっすぐ銀座にやってきた。取引業者が接待の席を設けてくれてあるのか。

セルシオが走り去ってから、荒巻は車から出た。飲食店ビルに近づき、テナントプレートを見上げる。テナントは高級クラブばかりだった。

飲食店ビルの斜め前に、二十代前半の男が立っていた。カーポーターらしい。クラブの客たちの車を地下駐車場に納め、チップを貰《もら》っているのだろう。

荒巻は、カーポーターと思われる男に歩み寄った。

「警視庁の者だが、きみはカーポーターだよな？」

「ええ、そうです」

「少し前にセルシオから降りた男を見てたよね？　縁なしの眼鏡をかけた五十代半《なか》ばの男だよ」

「ああ、野沢さんのことですか」

「そう。野沢氏は、どの店に入ったんだい？」

「あのう、『ハッピーマート』の専務さんが何か危《ヤバ》いことでもやったんですか？」

「そうじゃないんだ。野沢氏の知人が、ある事件に関与してるかもしれないんだよ」

「そうなんですか」

「きみに迷惑はかけない。だから、協力してほしいんだ」

「野沢さんは、七階の『シャルダン』ってクラブに行ったんだと思います。あのクラブは、東都《とうと》冷凍フーズがよく接待に使ってる店ですから」

「その会社は、『ハッピーマート』の納品業者なんだね？」

「ええ、そうです」

「野沢専務は月に何回ぐらい接待を受けてるのかな？」

「二、三回ですかね。でも、専務はほぼ一日置きに銀座で飲んでますよ。ほかの取引業者にも接待されてるんです。野沢さんは、ぼくらカーポーターや花売り娘にちょくちょく万札をくれて、何かうまい物を食べろって……」

「そう」

「社会的に恵まれない者に優しい方だから、野沢さん自身は悪いことなんかしてないと思います」

カーポーターが言った。

「悪人ほど善人ぶりたがるんだよ」

「えっ⁉　それじゃ、野沢さんも何か悪いことをしてるんですか？」

「一般論さ。野沢専務は、いつも『シャルダン』にはどのくらいいるのかな？」

「一、二時間ですね。飲み方はスマートですよ。ホステスさんたちの受けもいいみたいです」

「そう。誰かお気に入りのホステスさんはいるのかな？」

「特にいないと思います」

「そうか。ありがとう」

荒巻は相手に言って、フーガの中に戻った。

携帯電話を取り出し、相棒に連絡を取る。

荒巻は、カーポーターから聞いた話をそのまま伝えた。

「クラブホステスに興味を示さないのは、野沢に愛人がいるからだろうな」

電話の向こうで、鷲津が言った。

「その愛人は、秘書の稲葉千穂臭いな」

「ああ、そうなんだと思うよ。野沢は納入業者と軽く飲んだら、千穂の自宅に行く気なんだろう。そして、愛人と睦《むつ》み合ってから、何喰《く》わぬ顔で世田谷の自宅に帰る。妻子持ちの浮気パターンだな」

「鷲津《ワシ》、幽霊会社の『エンジェル・コーポレーション』の銀行口座を管理してるのは、専務秘書とは考えられないか？」

「考えられるな、それは。野沢が加盟店オーナーたちから〝経営指導料〟という名目で吸い上げてる小遣いの出し入れは、千穂がやってるのかもしれない。いや、そうにちがいないよ。野沢自身が動いたら、不正が露見しちまうからな」

「そうだな」

「野沢が愛人宅に行くようだったら、二人がベッドインしたころを見計らって、部屋に押し入ろう。情事の最中に踏み込まれたら、どっちも焦《あせ》るにちがいない。弱みを握られたわけだから、二人とも〝経営指導料〟のことを吐くと思うぜ」

「そうだろうが、おれはチンピラやくざみたいなことはしたくないな」

荒巻は異論を唱《とな》えた。

「いい子ぶるなって。おれたちは法律もモラルも破っていいんだぜ。だったら、堂々と非合法捜査をして、手っ取り早く事件の核心に迫るべきだろうが」

「そうなんだが、おれたちは筋者じゃない。ぎりぎりの節度は保《たも》つべきなんじゃないのか？　野沢が千穂と不倫の関係にあるという事実を押さえただけで、二人にインパクトは与えられるはずだよ。何も寝室に押し入らなくてもな」

「わかったよ。荒巻《アラ》の顔を立てて、今回は紳士的に振る舞おう。野沢が千穂の自宅に入っても、じっと外で張り込むことにするよ。それで、野沢が愛人宅から出てきたら、揺さぶってみようや」

「ああ、そうしよう。それはそうと、サラのことで自分を責めるのはもうやめろよ。死んだ彼女は、そんなことは望んでいないはずだから」

「だろうな」

鷲津は、いつになく素直だった。

荒巻は通話を切り上げ、紫煙をくゆらせはじめた。無性《むしょう》に由里菜の声が聴《き》きたくなったが、電話をかけたい衝動を抑《おさ》える。

一時間がのろのろと過ぎた。

飲食店ビルから野沢が現われたのは、九時四十分ごろだった。専務は取引業者やホステスに見送られ、タクシーに乗り込んだ。

荒巻たちは、また尾行しはじめた。

野沢を乗せたタクシーは数十分走り、恵比寿《えびす》二丁目にあるマンションの前で停まった。

千穂の自宅なのか。

野沢はタクシーを降りると、マンションの中に消えた。荒巻は八階建てのマンションの手前にフーガを停めた。さりげなく車を降り、マンションのエントランスロビーに駆け込む。

出入口は、オートロック・システムにはなっていなかった。管理人室もない。

荒巻は集合郵便受けに歩《ほ》を運んだ。

六〇六号室のプレートに、稲葉という文字が見える。千穂の部屋だろう。

背後で、靴音が響いた。振り向くと、鷲津が立っていた。

「野沢は、秘書の部屋に行ったんだろう?」

「だと思う。六〇六号室の名札に、稲葉と記《しる》されてるからな」

「やっぱり、そうだったか。多分、野沢は二、三時間は一緒に過ごすつもりでいるんだろう。奴がマンションから出てきたら、おれは専務を尾《つ》けて、帰宅前に締め上げるよ」

「それなら、おれは稲葉千穂を心理的に追い込むことにしよう」

「ああ、頼む」

二人は外に出て、おのおの覆面パトカーに乗り込んだ。

荒巻はカーラジオを聴きながら、時間を遣《や》り過ごした。脈絡《みゃくらく》もなく、妹のことが頭に浮かんだ。もうストーカーに悩まされる心配はないだろう。

しかし、別の心配があった。妹の綾香は、鷲津に恋い焦《こ》がれている。だが、それは片想いだった。

鷲津のほうは、綾香のことは異性として意識していない。この先も、それは変わらないだろう。したがって、妹の恋情は相手に受け入れられないわけだ。

綾香が本気で男に惚《ほ》れたのは、初めてなのではないか。それだけ鷲津に心を奪われてしまったのだろう。しかし、その熱い想いは空回りするだけで、恋が実る可能性はないに等《ひと》しい。

綾香は家族には常に明るく接しているが、案外、神経はデリケートだ。失恋の痛手が大きかったら、なかなか立ち直れないのではないか。思い詰めて、厭世的《えんせいてき》な気持ちになりはしないだろうか。死を選ぶようなことになったら、もはや取り返しがつかない。

兄としては、なんとか妹の力になってあげたい気持ちだ。といって、鷲津の関心を綾香に向けさせることはできない相談である。

――冷たいようだが、じっと静観してるほかないな。男も女も失恋によって、何らかの成長をする。綾香も、そのうちに自力で立ち直れるだろう。余計なことはしないことだ。

荒巻は自分に言い聞かせ、張り込みに専念した。

マンションから野沢が現われたのは、午前零時数分前だった。

彼は背広の上にコートを羽織《はお》ると、表通りに向かった。表通りでタクシーを拾う気なのだろう。

相棒の四輪駆動車がフーガの横を通過し、低速で野沢を追尾しはじめた。

千穂は、まだベッドの上で情事の余韻《よいん》に身を委《ゆだ》ねているのではないか。それとも、シャワーを浴びているのだろうか。

どっちにしても、もう少し経《た》ってから、六〇六号室のインターフォンを鳴らそう。

荒巻は動かなかった。

十五分が流れたころ、マンションの中から千穂が姿を見せた。きちんと化粧をし、パンツスーツの上にコートを重ねている。

どこかに出かけるようだ。しかし、千穂はマンションの前にたたずんだきり、動こうとしない。

誰かが車で迎えに来るようだ。

荒巻はフロントガラス越しに千穂を見つづけた。

数分が経過したとき、前方からドルフィンカラーのＢＭＷが走ってきた。

千穂が片手を挙げる。ＢＭＷが彼女の横に停まった。助手席側のドアが開けられ、ルームランプが灯《とも》った。

運転席には、二十八、九歳の男が坐っていた。やや髪は長く、マスクは整っている。サンドベージュのスーツ姿だ。

千穂が助手席に腰を落とした。ＢＭＷは、すぐに走りはじめた。荒巻はフーガの車首の向きを変え、ＢＭＷを追った。

ＢＭＷはＪＲ恵比寿駅の脇を抜け、旧山手通りを進んだ。ＮＴＴ住宅の手前で右折した。

東急東横《とうよこ》線の代官山《だいかんやま》駅を回り込むと、猿楽《さるがく》町である。

少し走って、ＢＭＷは小粋な造りの深夜レストランの駐車場に入った。通りには、洒落《しゃれ》たブティックやケーキショップが並んでいる。どの店も、もう営業を終えていた。

千穂は連れの男と手を取り合って、深夜レストランの中に入っていった。

道路側の窓は、総ガラス張りだった。店内は、それほど広くない。

荒巻はフーガを店の専用駐車場に入れ、ごく自然に外に出た。深夜レストランの斜め前の暗がりに身を潜《ひそ》め、店内の様子をうかがう。

千穂たち二人は窓際の席で向かい合い、メニューを覗《のぞ》き込んでいた。いかにも仲睦《むつ》まじげだ。二人は恋人同士なのだろう。

──千穂は彼氏がいながら、野沢に金を貢《みつ》がせてるようだな。たいした女だ。

荒巻は懐から携帯電話を取り出し、カメラのシャッターを何度か押した。画像は鮮明に撮《と》れていた。

千穂たちが料理をオーダーした。

それから間もなく、連れの男が手洗いに立った。荒巻は急いで深夜レストランに入り、千穂のいるテーブルに歩み寄った。

「あなたは警視庁の……」

千穂が驚きの表情を見せた。荒巻は携帯のカメラで撮った画像を再生し、無言で千穂に示した。千穂が蒼《あお》ざめた。

「この画像をパトロンの野沢専務が観《み》たら、どうなるんだろうな？」

「そ、それは困ります」

「きみに訊《き》きたいことがあるんだ。表で待ってる」

荒巻は言いおき、すぐさま深夜レストランを出た。

いくらも待たないうちに、千穂が外に出てきた。

「わたしが専務と不倫の仲だってこと、どうしてわかっちゃったんですか⁉」

「ま、いいじゃないか。きみが捜査に協力してくれたら、連れのハンサムな男のことは野沢専務には内緒にしといてやるよ」

「ほんとですね。わたし、専務とはお金でつながってるだけで、愛情はないんです。好きなのは店にいる彼氏なんですよ」

「それなのに、なんで専務の愛人なんかになったんだ？」

「わたし、シャネルが好きなの。新商品が出ると、どれも欲しくなってしまうんです。だけど、自分のお給料ではとても買えません」

「高いからね、ブランド品は」

「そうなんですよね。彼氏は外資系の投資顧問会社に勤めてて、サラリーは悪くないんです。でも、一つ年上の彼にブランド品はせがみにくいでしょ？　だから、専務の愛人になったんです」

「あまり感心はできないが、他人《ひと》の生き方を批判する気はないよ。それより、野沢専務が加盟店のオーナーたちから集めてる〝経営指導料〟の半分は、個人的に懐に入れてるんだね？」

「えっ」

「『エンジェル・コーポレーション』の振込口座を管理してるのは、きみなんじゃないのか？」

「それは……」

「正直にならないと、野沢と彼氏の両方に逃げられることになるよ」

「ええ、そうです。野沢専務の指示で、オーナーたちから入金があるたびに口座から引き下ろして、現金で渡してるんです」

「つまり、専務は私腹を肥やしてるんだな」

「そういうことになりますね」

「これまでに手渡した金は？」

「総額で三十億円以上にはなると思います。入金額が月に一億四、五千万円にはなりますから」

「死んだ塙幸三郎氏のことは知ってるね？」

荒巻は確かめた。

「は、はい」

「野沢専務が誰かに塙さんを調整池に突き落とさせたんじゃないのか？」

「わたし、わかりません。専務が〝経営指導料〟のことで説明をしつこく求めてきた塙さんをうっとうしがっていたことは間違いありませんけど、そのほかのことは……」

「そう。会社をフリーライターの露木氏が訪ねたことはあるね？」

「はい、あります」

「野沢専務は露木氏とは会ったこともないと言ってた」

「なんで、そんな嘘《うそ》をついたのかしら？」

「後ろ暗い気持ちがあったからだろうね。ところで、専務は殺された社会評論家の椎名譲の名を口にしたことがある？」

「いいえ、ありません。野沢専務は、その事件にも……」

「その質問には答えられないんだ。もう店に戻ってもいいよ」

「専務に彼氏のこと、絶対に黙っててくださいね。お願いします」

千穂は頭を下げ、深夜レストランに駆け戻った。

鷲津に収穫があったことを伝えよう。

荒巻は携帯電話を押し開いた。

2

銃声が幾重《いくえ》にも重なった。

散弾銃の銃声だ。鷲津は丘の上から、斜め下のクレー射撃場を眺めていた。目には、双眼鏡を当てている。

丹沢《たんざわ》山の麓《ふもと》にあるクレー射撃場だ。神奈川県秦野《はだの》市の外れである。周囲は山村だった。

野沢専務はアメリカ製のイサカの猟銃を構え、空中に放出された的《まと》の粘土《クレー》を撃ち砕《くだ》いていた。命中率は高かった。

無趣味だと言っていたが、何年も前からクレー射撃をやっていたにちがいない。

鷲津は双眼鏡を下げた。

相棒の荒巻が専務秘書の千穂に交際中の男性がいることを探《さぐ》り出したのは、四日前だった。その翌日から、鷲津たち二人は野沢に張りついてきた。しかし、これまで専務は不審な挙動は見せなかった。

きょうは土曜日である。野沢は世田谷区内にある自宅からレクサスを自《みずか》ら運転して、このクレー射撃場にやってきた。連れはいなかった。午後三時過ぎだった。

いまごろ荒巻は、『ハッピーマート』の会長宅を訪ねているはずだ。創業者の吉崎守夫《よしざきもりお》は七十五歳で、半《なか》ば隠居生活を送っている。目黒区柿《かき》の木坂《きざか》にある邸《やしき》で盆栽《ぼんさい》いじりに明け暮れているようだ。

相棒の荒巻は、吉崎会長が野沢専務の横領に気づいているのかどうか、探《さぐ》りを入れることになっていた。

鷲津は一服してから、ふたたび双眼鏡を覗いた。

野沢は嬉々《きき》とした表情で、クレーを撃ち落としていた。二百発ほど放ってから、シューティング・ポジションを離れた。

鷲津は丘陵地を下《くだ》り、林道に隠したジープ・チェロキーに戻った。クレー射撃場から、それほど離れていない。

数十分待つと、ブリリアントグレイのレクサスがクレー射撃場の専用駐車場から出てきた。野沢のマイカーだ。

レクサスは射撃場の外周路に出ると、大山《おおやま》方面に向かった。

鷲津は慎重に野沢の車を追った。レクサスは数キロ進むと、川沿いに建つ料亭の敷地に入った。ひとりで食事を摂《と》りに来たのではないだろう。誰かと落ち合うようだ。

鷲津は覆面パトカーを料亭の数十メートル先に停め、十分ほど時間を稼いだ。車を降り、料亭に引き返す。

車寄せの脇には、見覚えのあるレクサスが駐《と》めてあった。その横には、黒塗りのロールスロイスが並んでいる。

鷲津は、水の打たれた石畳を進んだ。玄関に立つと、どこからともなく下足番の男が現われた。

六十歳前後で、小柄だった。髪は短い。

「ご予約された石井《いしい》さまでしょうか?」

「いや、そうじゃないんだ」

鷲津は警察手帳を呈示した。相手の顔が引き締まる。

「レクサスで乗りつけた男は、誰かと待ち合わせてるんだね?」

「お客さまの個人的なことは、ちょっと……」

「『ハッピーマート』の野沢専務を内偵中なんだよ」

「野沢さまが何をしたんです？」

「そういう質問には答えられないな。野沢は、ロールスロイスの持ち主と会ってるんだろう？」

「弱りましたね」

「女将《おかみ》を呼んでくれ」

「あいにく女将は、風邪気味で臥《ふせ》ってるんですよ。わたしがお答えしましょう。野沢さまは、伴内良臣《ばんないよしおみ》さまのお座敷に招《よ》ばれたんですよ」

「伴内？　そいつは何者なんだい？」

「急成長中の学習塾チェーン『秀英増進会《しゅうえいぞうしんかい》』の経営者です」

「『秀英増進会』のことなら、知ってるよ。衛星サテライト授業を売りものにして、名門私立中学受験で驚異的な合格率を誇ってるんだったな？」

「ええ、そうです。そればかりではなく、伴内さまは経営手腕がおありのようで、大手予備校や老舗《しにせ》学習塾を傘下《さんか》に収めたんです。人気講師をライバル塾から次々に引き抜いてますから、まだまだ発展するでしょう」

「かもしれないな」

鷲津は短く応じた。

少子化に伴い、受験産業全体が頭打ちになっているが、中学受験分野だけは成長市場になっている。学習塾業界にもM&A（企業の合併・買収）の波が押し寄せ、既存の学習塾も規模拡大で対抗中だ。

およそ四万にものぼる学習塾・予備校は今後、淘汰《とうた》や再編でグループ化が進むだろう。学習塾・予備校の市場規模は、数年前まで一兆円を超えていた。しかし、現在は九千三百八十億円に縮小してしまった。

そうした状況の中、有名私立中学受験関連市場だけが活況《かっきょう》を呈《てい》しているわけだ。中学受験に力を入れている上場《じょうじょう》学習塾上位五社の一昨年度の売上高合計は、およそ一千六百億円になった。前年度と較《くら》べて、約八パーセントも伸びている。

新旧入り交《ま》じった受験塾戦争が激化し、名門中学進学塾『四谷大塚《よつやおおつか》』も二〇〇六年の十月に、大学受験予備校『東進《とうしん》ハイスクール』を運営しているナガセという会社に五十八億円で買収された。

教材出版大手の学習研究社も二〇〇六年、小学校受験大手『桐杏《とうきょう》学園』を買収した。出版大手のベネッセコーポレーションも、大学受験予備校『お茶の水ゼミナール』の全株を三億円ほどで取得している。

『日能研《にちのうけん》』『栄光《えいこう》ゼミナール』『希《のぞみ》学園』など既存の学習塾も教室数の拡大を急いでいるようだ。少子化で市場規模が縮小した文房具や玩具《がんぐ》メーカー、ゲームソフト会社などが中学受験産業に乗り出す気配をうかがわせているからだ。

「伴内さまは、たいしたものですよね。かつては業界十七、八位だったのに、いまや大手五社を凌《しの》ぐ勢いですから」

「伴内は、いくつなの？」

「まだ五十一、二歳ですよ。『秀英増進会』が飛躍的に伸びたんで、白金《しろかね》に十数億円の自宅を現金で買ったそうです。車はロールスロイスですし、自家用ヘリもお持ちなんです」

「『秀英増進会』に事業資金を提供してるスポンサーがいるんだろう。たとえば、外資系のファンドマネーが豊富にあるとか、大手企業がバックアップしてるとかね」

「そうかもしれませんが、ライバル塾の人気講師をことごとく引き抜くなんて、実に凄腕《すごうで》じゃないですか」

　下足番の男は、伴内を称《たた》えた。

「企業を急成長させた裏には、たいてい何か裏があるもんさ。必ずしも伴内という男が経営者として優秀とは言えないんじゃないかな」

「そうなんでしょうか」

「それはともかく、野沢と伴内はちょくちょく料亭を利用してるのかな？」

「一年四、五カ月前は、よく利用していただきましたが、その後はしばらくお見えにならなかったですね」

「二人は、どこで知り合ったんだろう？」

「おふた方《かた》ともクレー射撃をおやりになるんで、競技会か何かでお知り合いになったんではありませんか。とても気が合うようで、お座敷から笑い声がしばしば洩《も》れてきます」

「そう。おれのことは、野沢たち二人には内密にね。よろしく！」

鷲津は下足番に背を向け、大股《おおまた》で料亭を出た。

ジープ・チェロキーの運転席に坐ったとき、懐で携帯電話が震動した。発信者は荒巻だった。

「いま、吉崎邸を出たとこだよ。『ハッピーマート』の創業者は、野沢の横領のことを知ってた」

「なんだって!?」

「吉崎会長には、妻子の知らない隠し子が二人もいたんだ。同じ愛人が産《う》んだ息子と娘だよ」

「読めたぜ。野沢は、創業者に二人の隠し子がいることを知ってたんだな？」

「そうなんだよ。野沢専務は吉崎会長の使いで、たびたび妾宅《しょうたく》に金やお祝いの品を届けに行ってたらしいんだ。だから、野沢が加盟店オーナーたちから集めてる〝経営指導料〟のことは黙認してたという話だったな」

「本部会社に〝経営指導料〟の半分は入るわけだから、実質的な損はないと考えたんだろう」

「そういうことなんだろうな。吉崎会長は、野沢が愛人の千穂に横領した金を口座から引き下ろさせてることも知ってたよ」

「そうか。吉崎は調査会社の調査員に野沢の私生活を洗わせて、何か弱みを握りたかったんだろうな。自分だけ専務に金玉《きんたま》を握られてたら、なんとなく落ち着かないだろうから」

「会長自身、そう言ってたよ。しかし、野沢の不正を暴《あば》いたら、自分の隠し子のことも露見《ろけん》する恐れがある。だから、専務の横領には目をつぶってきたと言ってた。刑事告訴する気はないらしいよ」

「そう。創業者の吉崎は、〝経営指導料〟のことで塙幸三郎に納得のいく説明を求められてた件については知ってたのか？」

鷲津は訊《き》いた。

「知ってたよ。それからな、ライターの露木恭輔から塙幸三郎の件で取材したいという申し入れがあったことも認めた。しかし、取材には応じなかったらしい」

「それで荒巻《アラ》、塙は殺された疑いが濃いって話を吉崎にしたのか？　それから、野沢が怪しいってことを匂わせてみた？」

「ああ。しかし、吉崎会長は専務が塙幸三郎を団地の調整池に突き落とすことは物理的にできないと言い切ったんだ」

「要するに、野沢にはアリバイがあるってわけだな？」

「そうなんだ。塙が死んだ夜、野沢は会長宅にいたみたいなんだよ。同居してる長男の息子の誕生パーティーに専務も顔を出してたらしい」

「その裏付《ウラ》けは？」

「会長夫人、長男の嫁、それから当夜の主役の孫の証言も一致してたよ」

「それなら、野沢が直《じか》に手を汚してないことははっきりしたな。しかし、最初から言ってたように、野沢が第三者に塙を始末させた疑いは依然として消えない」

「ああ、そうだな。鷲津《ワシ》のほうは何か収穫があったのか？」

荒巻が問いかけてきた。鷲津は、経過をつぶさに伝えた。

「『秀英増進会』の急成長ぶりはマスコミに何度か取り上げられたんで、おれもよく知ってるよ。確かトップの伴内良臣はITベンチャーのパイオニアだったんだが、三十代の後半に自分の会社をパンクさせ、その後は学習塾の講師で喰《く》いつないでたはずだ」

「そうなのか」

「独立して自分で中学受験塾の経営をするようになったのは、四十二、三のころだったと思う。『秀英増進会』を急成長させたわけだから、商才に恵まれてるんだろう。衛星サテライト授業は、いかにも今様《いまよう》だからな。それから、人気講師たちのスカウトにも成功してる。よっぽど高い給料を払ってるんだろうな」

「そうじゃないとしたら、件内は何か汚い手を使って、ライバル塾から人気講師を強引に引き抜いたんだろう」

「人気講師たちは色仕掛けに嵌《は》められたんだろうか」

「講師たちは美人局《つつもたせ》の類《たぐい》に引っかかったんじゃないだろうな。もっと深刻な弱みを握られてしまったにちがいない」

「たとえば、どんなことが考えられる？」

「すぐに具体例は挙げられないが、どんな人間にも秘密や弱点があるもんだ。裏社会の人間に弱みをちらつかされたら、人気講師の多くは脅しに屈《くっ》して、引き抜きの誘いに応じてしまうんじゃないのか？」

「そうかもしれないな。クレー射撃が共通の趣味だとしても、一年四、五カ月前に野沢と伴内がちょくちょく料亭で会ってたって話が妙に引っかかるな」

「ああ。それも、塙幸三郎が水死する前に二人は頻繁《ひんぱん》に会ってるみたいなんだ。ただの偶然と片づけるには抵抗があるな」

「そうだな。鷲津《ワシ》、野沢専務は塙殺しの実行犯を伴内に紹介してもらったんじゃないのかね?」

「おれも、そっちと同じことを考えてたんだ」

「そうだったとしたら、伴内は野沢から紹介料をたっぷりせしめたんだろうな」

荒巻が言った。

「伴内は別に金には困ってないだろうから、謝礼や紹介料を銭《ぜに》で受け取るとは思えないな。別の形で、野沢に返礼を求めたんじゃないだろうか」

「別の形で?」

「そう。『秀英増進会』は後発ながら、人気講師を揃《そろ》えてる。しかも、その連中の大半はライバルの学習塾にいた。仮に後発の塾が給料を倍額にするからと言っても、おいそれと引き抜きの誘いに応じる気にはならないだろう」

「だろうね。さっきの話を繰り返すが、人気講師たちは何らかの形で陥《おとしい》れられ、渋々、『秀英増進会』に移ったんだろうか」

「仮にそうだったとして、推測の翼を拡《ひろ》げてみるぜ。経営者の伴内自身が引き抜きたい人気講師を罠《わな》に嵌《は》めたとは考えにくいよな？」

「ああ、それはね。おそらくアンダーグラウンドの人間を雇って、ライバル塾の人気講師たちを罠に嵌めてもらったんだろうな」

「多分、そうなんだろう。としたら、伴内は手を汚した奴らに自分の弱みを知られたってことになるわけだ」

「そうだな。伴内は汚れ役を引き受けた連中に巨額の口止め料を要求されて、頭を抱えてたのかね？　しかし、自分で脅迫者たちを殺害したら、すぐに警察に怪しまれてしまう。そこで交換殺人のトリックにヒントを得て、犯行動機のない野沢に脅迫者の口を封じてもらう気になった」

「荒巻《アラ》、ちょっと待った。野沢は私腹を肥やしてるが、一応、堅気だぜ。裏社会の荒っぽい奴らを始末することなんか無理だろう？」

「いや、可能だと思うよ。猟銃を持ってるわけだし、クレー射撃で射撃術に磨《みが》きをかけてたんだから。伴内を強請《ゆす》ってた奴らを遠くから散弾銃で狙撃《そげき》することは可能さ」

「技術的には可能だろうな。しかし、それだけの度胸があるかね？　野鳥はシュートできても、人間を撃ち殺すことには強いためらいがあるだろうからな。堅気が人殺しなんか無理だよ」

「そうか、そうだろうな。それじゃ、野沢は伴内とはまったく接点のない人物を雇って、そいつに標的《ひょうてき》を始末させたんだろう」

「それなら、リアリティーがあるな」

「鷲津《ワシ》、そのターゲットのことなんだが、伴内を脅迫してた奴らではなく、フリーライターの露木とは考えられないか？」

「推理が飛躍してるんじゃないかね」

「露木恭輔は職業柄、あちこちにアンテナを張ってたはずだよ。後発の学習塾の『秀英増進会』がライバル塾から人気講師を次々に引き抜いたと知って、何か裏で起こってるにちがいないと判断したとしても不思議じゃないだろう？」

「ああ、それはな。露木が伴内に口止め料を要求してたのかね？」

「いや、それはないと思うよ。露木は、急成長した『秀英増進会』の裏に何か不正があるかもしれないってことを不倫相手の椎名加奈に何気なく洩《も》らしたんじゃないのかな？　加奈は、その話を夫の椎名譲に喋《しゃべ》った。椎名はそのことに興味を持って、密《ひそ》かに誰かに調査させてた」

「その気配を感じ取った伴内が身の破滅を恐れて、誰かに椎名一家殺しをやらせた？」

「その三人だけじゃなく、羽太真紀雄も葬《ほうむ》らせ、露木も始末させようとした。おそらく露木は椎名一家惨殺事件の黒幕は伴内だと見当をつけ、羽太を使って『秀英増進会』の経営者に揺さぶりをかけたんだろう」

「伴内は自分が雇った殺し屋《プロ》を差し向けたら、すぐに足がつくと考え、野沢専務に泣きついた？」

「そうなんだと思うよ。野沢は塙幸三郎を伴内が抱き込んだ人間に殺害してもらった借りがあるから、元やくざの中村を本栖湖に行かせた。中村は羽太を殺《や》った後、逃げる途中でフェイスキャップを被った黒ずくめの男に狙撃されてしまった。その男は、ひょっとしたら、伴内なのかもしれない。そうじゃないとしたら、金で雇った殺し屋なんだろう」

「実行犯が被害者と一面識もなければ、確かに雇い主の割り出しには時間がかかるよな。割り出すことができても、被害者と黒幕に接点がなければ、やがて捜査対象から外されることになる」

「鷲津《ワシ》、野沢と伴内は共謀して、お互いに不都合な人間を抹殺し合うことを約束し、犯罪のプロに実行させたんだよ。まだ物証は摑《つか》んでないが、おれはそう確信しはじめてるんだ」

「荒巻《アラ》の推測には、ちょっと矛盾があるような気がするな」

「どこがおかしい?」

「野沢が邪魔者の塙幸三郎を伴内の知り合いの殺し屋《プロ》に始末させたことはわかるよ。それから、人気講師の引き抜きの件で露木に弱みを握られたかもしれない伴内が野沢に泣きついて、実行犯を見つけてもらったこともうなずける。しかしな、本事案《ほんじあん》の椎名一家殺しまで野沢が雇った犯罪のプロにやらせたとなったら、専務のほうが損をすることになるわけだろ?」

「そうだな。だから、伴内は何らかの形で野沢に礼をする気でいるんだろう。考えられるのは、野沢を『秀英増進会』の非常勤役員にして数千万円単位の年俸を払うことだな」

「その程度の見返りで、野沢は余計な殺人を請《う》け負《お》うかね?」

「鷲津は、本事案の首謀者は別人だと思ってるのか?」

「それがわからないんだ。荒巻《アラ》の推測はおおむね正しいと思ってるんだが、どこか釈然としないんだよ」

「そうか。ま、いいさ。おれはこれから『秀英増進会』に引き抜かれた人気講師に何人か会って、スカウトに応じた理由をそれとなく探《さぐ》ってみる」

「よろしく頼む。おれは張り込みを続行して、二人の動きをチェックしてみるよ」

鷲津は電話を切って、背凭《せもた》れに寄りかかった。

3

コーヒーカップを持つ手が震えている。

いまにも、コーヒーが零《こぼ》れそうだ。荒巻は代々木《よよぎ》の喫茶店で、『秀英増進会』の人気講師と向かい合っていた。

相手は坂上和樹《さかがみかずき》という名で、三十一歳だった。色白で、顔立ちも整っている。

「坂上さん、そう緊張しないでよ。別に取調べをするわけじゃないんだから」

「は、はい」

「次の授業まで三十分近くあると言ってたね？」

「ええ」

「でも、なるべく手短に話を済ませるよ。きみは一年半前に大手学習塾から、『秀英増進会』に引き抜かれたんだったね？」

「そうです。どうして、そのことをご存じなんですか？」

坂上が小声で問いかけてきた。

「さっき代々木教室の事務局で教えてもらったんだ」

「そうだったんですか」

「好条件でスカウトされたんだろうな。前の学習塾でも、人気があったんだろうから。収入は、二倍以上にはなったわけ？」

「いいえ、以前の塾と給料はほとんど変わりません。むしろ、手当は少なくなりましたね」

「それなのに、なぜ引き抜き話に乗ったんだい？」

荒巻は問いかけ、コーヒーをブラックのまま啜《すす》った。喫茶店から七、八十メートル離れた場所に『秀英増進会』の代々木教室がある。

坂上が暗い表情で、店内を見回した。奥のテーブル席に初老の男女が坐っているだけだった。

「言いたくないってことは、進んで引き抜き話に乗ったわけじゃないんだね？」

荒巻は誘い水を撒《ま》いた。

「できれば、前の職場にずっといたかったですよ。でも、それはできなかったんです」

「どうして？」

「学習塾の先生をつづけられなくなるからです」

「前の職場で何があったんだい？」

「刑事さん、これから話すことは絶対に他言しないでくださいね」

「ああ、約束するよ」

「実はぼく、二年前に塾の生徒だった女子中学生と心中未遂事件を起こしてるんです。その相手は中三だったんですけど、ぼくは彼女を女として見てました。だから、彼女を抱いてしまったんです」

「そうか」

「その結果、相手を妊娠させることに……」

「避妊はしなかったの？」

「初めて結ばれるときにスキンなんか使ったら、ただの遊びと思われるんじゃないかと思ったんで、自然な形でセックスしたんです。でも、ぼくの配慮が足りなかったわけです」

「そうだな。相手は、まだ中学生なんだから」

「ええ。ぼくは彼女の将来を考えて、お腹の子を中絶させようとしました。でも、相手は頑強《がんきょう》にそれを拒みました。ぼくらは駆け落ちする気になって、山陰に行ったんです。だけど、一週間ほど経《た》つと、二人で生きていくことに自信が持てなくなってしまったんですよ」

「で、心中する気になったんだね？」

「ええ。ぼくらは手と手を紐《ひも》で結び合って、日本海に入水《じゆすい》したんです。でも、どちらも死ねませんでした」

「それで、二人は東京に戻ってきたわけか」

「はい。それから間《ま》もなく、彼女はお腹の子を堕《お》ろしたんです。そのことがあってから、二人の気持ちはなんとなく離れてしまいました」

「その彼女は、塾を辞めたんだね?」

「ええ。彼女の両親は娘を孕《はら》ませたぼくに怒りを覚えてたはずですが、わが子の恥を晒《さら》したくなかったらしく、騒ぎ立てることはしませんでした。おかげで、ぼくは前の職場を追われずに済みました。ところが……」

坂上がうなだれた。

「何か思いがけないことになったんだね?」

「そうなんです。数カ月が過ぎたころ、やくざっぽい感じの経営コンサルタントがぼくの自宅にやってきて、教え子を妊娠させて心中未遂を起こしたことを知ってると言って、いまの職場に移れと強要したんです」

「そいつの名は?」

「石橋直人《いしばしなおと》です。四十二、三だと思います。渋谷の道玄坂《どうげんざか》に事務所を構えてるんですが、まともな経営コンサルタントではないと思います。右手の小指の先がありませんでしたからね」

「やくざ崩れのブラックジャーナリストなのかもしれないな」

「とにかく、堅気ではないでしょう。過去のスキャンダルが表沙汰《ざた》になったら、ぼくは学習塾で英語を教えることができなくなってしまいます。だから、不本意でしたけど、『秀英増進会』に移ったわけです」

「そうだったのか。きみのほかにも、ライバル塾から『秀英増進会』に引き抜かれた先生がたくさんいるよな？」

「ええ。男女併《あわ》せて三十四人の講師が石橋の脅迫に怯《おび》えて、『秀英増進会』に移ったんです」

「そのことを知ったのは、どんなきっかけだったのか話してくれないか」

荒巻は促《うなが》し、水で喉《のど》を潤《うるお》した。

「ぼくら別の塾から引き抜かれた三十四人は、顔合わせも兼ねて一泊二日の親睦《しんぼく》旅行に連れていかれたんです。そのとき、誰もが石橋に飲酒運転、盗撮癖、万引き癖、痴漢行為、不倫などの弱みを握られ、引き抜きに応じさせられたことがわかったんですよ」

「経営者の伴内が石橋って奴に人気講師たちの秘密や弱みを押さえさせて、自分の塾に引き抜いたわけか」

「それは間違いありませんよ。それから、伴内は前の事務局長を誰かに殺させたんじゃないかって噂《うわさ》もあるんです」

「前の事務局長は、いつ亡くなったの？」

「一年半ぐらい前ですね、伊東泰《いとうやすし》さんが渋谷駅前のバスターミナルでチンピラ風の三人組に殴り殺されたのは。前の事務局長は、講師の引き抜きに問題があることを内部告発する気でいたんですよ」

「それは確かなんだね？」

「はい。伊東さんから直接、内部告発する気でいると聞きましたから。亡くなったとき、伊東さんは四十八歳だったんですけど、晩婚だったんで、まだ子供は小学生だったんです。奥さんは苦労してると思います」

「伊東さんの自宅の住所はわかるかな？」

「ええ、わかりますよ」

坂上が言って、懐から電子手帳を取り出した。伊東前事務局長の自宅は、近くの富ヶ谷《とみや》だった。

荒巻は、正確な住所を手帳に書き留《と》めた。

「伊東さんの死を無駄にしたくないと思ったんで、ぼく、スカウトされた講師仲間に伴内社長の不正を告発しようと呼びかけてみたんですよ。だけど、誰もが仕返しを恐れて、尻込《しりご》みしてしまって。それで結局、ぼくも行動を起こすことはできませんでした。恥ずかしい話です。男として、まさに腰抜けですからね」

「伴内は、石橋のような人物と繋がってるわけだから、堅気はなんとなく竦《すく》んでしまうと思うな。だから、自分を必要以上に臆病者《おくびょうもの》と感じることはないさ」

「それにしても、だらしないですよ。腑甲斐《ふがい》ない自分に腹が立ちますし、厭《いと》わしくも感じます」

「真面目なんだね。仕事の合間に時間を割《さ》いてくれて、ありがとう！」

「いいえ、お役に立てたかどうか」

坂上が言いながら、財布を取り出した。荒巻は卓上の伝票を素早く取り、レジに急いだ。

ほどなく二人は店の前で別れた。

荒巻は路上に駐《と》めてあるフーガに入ると、警察庁に石橋直人の犯歴を照会した。いわゆるA号照会だ。石橋は傷害、恐喝、私文書偽造で三度も起訴され、実刑判決を受けていた。五年前まで、ある広域暴力団の二次団体の幹部だったことも明らかになった。

石橋の事務所に行く前に、伊東前事務局長の家に行ってみることにした。

荒巻は覆面パトカーを発進させた。

十数分で、伊東宅に着いた。路地裏にある小さな建売住宅だった。インターフォンを鳴らすと、エプロン姿の少女が玄関から現われた。十一、二歳だった。

「お母さんは?」

「まだ仕事から帰ってきません」

「そう。伊東さんの娘さんかな?」

「はい。すみません、わたし、夕食のカレーライスを作ってるとこなんです。ガスを点けっぱなしなんですよ。母は、もうじき戻ると思いますけど」

「それじゃ、外で待たせてもらうよ」

荒巻は言った。伊東の娘がうなずき、台所に引き返す。

そのすぐ後、四十歳前後の女性が近づいてきた。勤め帰りに見えた。

「失礼ですが、亡くなられた伊東さんの奥さんでしょうか?」

「ええ、そうです。頼子《よりこ》といいます。あのう、どちらさまでしょうか?」

「警視庁の者です」

荒巻は名乗って、警察手帳を見せた。

「夫を殴り殺した三人組がやっと捕まったんですね？」

「残念ながら、そうではないんです。伊東さんは生前、内部告発する気でいたという新情報を入手したもんですから、そのあたりのことを奥さんからうかがえればと思って、訪ねた次第なんですよ」

「そうなんですか」

「ご主人は、経営者の伴内が汚い手を使ってライバル塾から人気講師を三十四人も強引に引き抜いたことを内部告発する気でいたんでしょ？」

「ええ、そうです。それで、社長に辞表を叩きつけてやると憤《いきどお》ってました。亡くなった夫は曲がったことが大嫌いな性分《しょうぶん》だったんです。ですんで、大学を出てから、転職を繰り返すことになったんでしょう」

「硬骨漢だったんだろうな」

「その通りでしたね。自分が損するとわかっていても、夫は間違ったことには決して目をつぶらない男性《ひと》でした。わたしは、そんな不器用な生き方しかできない夫に惹《ひ》かれて、結婚したんです」

「そうですか」

「経済的にはあまり恵まれませんでしたけど、とっても幸せでした。でも、夫は殺されることになってしまって……」

頼子が下を向いた。涙ぐんでいるようだった。

「残念でしたね。ところで、伊東さんが内部告発する気でいることを事前に伴内社長に覚《さと》られてしまったのかな？」

「伴内は夫の気配を察したらしく、ある夜、なんの前触れ《まえぶ》もなく訪ねてきたんです。手《て》土産《みやげ》の洋菓子の箱の下には、三百万円入りの書類袋がありました」

「その金で内部告発を思い留《とど》まってほしかったんでしょうね？」

「ええ、そうなんだと思います。夫は翌日、そのお金をそっくり伴内に突き返しました」

「ご主人が殺されたのは、それから間もなくなんですか？」

荒巻は矢継《やつ》ぎ早《ばや》に訊いた。

「半月後でした。夫に難癖をつけて殴る蹴《け》るの乱暴を働いた三人組を目撃した人たちがたくさんいたにもかかわらず、未《いま》だに犯人たちは検挙されていないんです。このままでは、夫は浮かばれません」

「そうですね」

「渋谷署の方たちには、伴内が三人組を雇った疑いがあると何度も言ったんですけど、まともには取り合ってもらえませんでした」

「捜査が杜撰《ずさん》だな」

「伴内は悪運が強いんでしょうね」

「どういう意味なんです？」

「これは夫から聞いた話なんですが、伴内は一介の塾講師をやってるころ、株のデイ・トレーディングで副収入を得てたらしいんですよ」

「株の短期売買で、利鞘《りざや》を稼いでたのか」

「ええ。ある日、東京証券所のオペレーターがある企業の株価を誤って一円と表示してしまったらしいんですよ。伴内はそのミスにつけ込んで株を買いまくり、ミスの訂正直後に持ち株を売り払って、二十八億円も儲《もう》けたというんです。そのお金を独立資金に充《あ》てたみたいですよ」

「そうだったのか。わたしは、伴内が何かダーティー・ビジネスで『秀英増進会』の開業資金を捻出《ねんしゅつ》したんだろうと思ってましたが……」

「伴内が二十八億円もの巨額を短期間で儲けたことは別に法には触《ふ》れないことみたいですけど、その根性が腐ってますよ。コンピューターの誤操作《ごそうさ》に乗《じょう》じて、株の短期売買で大儲けするなんてね。ミスをした方の人生が暗転することを知りながら、平気で利益を上げたわけですから」

「確かにスマートな金儲けじゃありませんよね。しかし、伴内は法律を破ったわけではないから、罪人呼ばわりはできないでしょ？」

「それはそうですけど、見苦しい拝金《はいきん》主義者だわ」

「ええ、それは否定しません」

「そんなふうに伴内は強運に恵まれてるから、夫の殺人教唆《きょうさ》罪からも免れられたんだと思います。これという証拠があるわけではありませんが、わたしは逃げた三人組を抱き込んだのは伴内だと確信してます」

頼子が言い切った。

荒巻は曖昧《あいまい》な返事をして、未亡人に背を向けた。フーガに乗り込み、渋谷に向かう。いつしか外は暗くなっていた。

石橋の事務所は、道玄坂に面した雑居ビルの五階にあった。荒巻はフーガを雑居ビルの近くの路上に駐《と》め、ハザードランプを点けた。

エレベーターで五階に上がると、ホールの左手に石橋の事務所があった。『石橋経営コンサルティング』というプレートが掛かっている。

荒巻は軽くノックをして、ドアを開けた。正面の両袖机《りょうそでづくえ》の上に両脚を載《の》せ、四十年配の男が爪《つめ》を磨《みが》いていた。スリーピース姿だった。

出入口近くにソファセットが置かれ、両側の壁際にはスチール・キャビネットや書棚が並んでいる。十畳ほどの広さだ。

「石橋直人さんだね？」

「そうだが、おたくは？」

「警視庁の者だ」

荒巻は机の手前まで進み、警察手帳を見せた。

「おれは五年前に足を洗って以来、真面目に働いてる。刑事にマークされるようなことは何もしちゃいないぜ」

「そうかな？」

「用件を言ってくれ。これでも、結構忙しいんだ」

「そんなふうには見えないがな」

「おれを挑発してんのかっ」

石橋が気色《けしき》ばみ、両脚を床に戻した。

「そんなふうに凄《すご》むと、お里が知れちゃうぞ。ところで、『秀英増進会』の経営者には頼りにされてるようだな？」

「まどろっこしいな。用件をストレートに言ってくれ」

「いいだろう。あんたは伴内に頼まれて、大手学習塾の人気講師を三十四人も強引に引き抜いたな？　彼らの秘密や弱みをちらつかせて、『秀英増進会』に移らせた。その気になれば、恐喝罪も立件可能だ」

「冗談じゃねえ。おれは三十四人に何度も頭を下げて、伴内さんのとこに移ってもらったんだぜ。給料だって、前より四、五十パーセントは上乗せしてるんだ」

「嘘つけ！　ある講師は、給与面では前の学習塾と変わらないと証言してるんだ。それから、私生活のことにも触れられたんで、引き抜きの誘いを断れなかったとも言ってたぜ」

「そいつの名前を教えてくれ。文句を言ってやる」

「日本では司法取引は禁じられてるが、三十四人を脅して引き抜いたことは見逃してやってもいいよ。その代わり、伴内が『ハッピーマート』の専務と謀《はか》って、交換殺人めいたことをした事実を喋ってもらいたい」

「おたく、酔っ払ってるんじゃねえのか？　わけのわからんことを言ってやがるからな」

「伴内を庇《かば》う気か。三十四人を力ずくでスカウトして、たっぷり謝礼を貰ったようだな。ひとりリクルートして、五、六百万貰ったのかい？」

「いい加減にしねえと、こっちも怒るぜ」

「いまも拳銃《ドウグ》を持ち歩いてるんだったら、早く出せよ」

荒巻は言った。

「おれは、もう堅気《ネス》なんだ。物騒《ぶっそう》な物は何も持っちゃいねえよ」

「そうか。いい心掛けだ。誉《ほ》めてやろう」

「ふざけやがって」

「もっと怒ってもいいぞ」

「伴内さんが何をやったってんだよ！」

「それは、あんたがよく知ってんじゃないのか？」

「伴内さんには仕事面で世話になってるが、個人的なつき合いはしてねえんだ。だから、野沢専務とも会ったことないんだよ」

「いま、おたくははっきりと野沢専務と言った。おれは、さっき野沢の名は口にしなかったぞ。会ったこともない人間の苗字《みようじ》が自然に出てくるかね？」

「伴内さんから、クレー射撃仲間の野沢さんの噂はいろいろ聞いてたからな」

石橋がしどろもどろに言って、アーム付きの回転椅子から立ち上がった。そして、意味もなく室内を歩き回りはじめた。

内心、焦《あせ》っているにちがいない。

荒巻はそう思いながら、腰の後ろからコルト・ガバメントを引き抜いた。

「な、なんだよ!?」

「こいつは、よく暴発するんだ。どこか具合が悪いんだろうな」

「銃口を下げてくれ。あれっ、そいつはガバメントじゃねえか。刑事は、たいがいシグ・ザウエルP230かニューナンブM60を持ってるよな？　どういうことなんだ？」

石橋が訝《いぶか》しげに言った。

「おれは超法規捜査官なんだよ。だから、数種のハンドガンを貸与されてるんだ。自由に発砲することが認められてるし、場合によっては被疑者を射殺してもいいんだよ」

「フカシこくな。そんな刑事がいるなんて話は聞いたことねえぞ」

「公《おおやけ》にはされてないが、実在するんだよ。スライドの調子が悪いのかな？」

荒巻はスライドを勢いよく滑らせ、銃口を石橋の狭い額に押し当てた。

「な、何すんでえ！」

「下手に動いたら、暴発するぞ。この状態なら、あんたは確実に即死する」

「アメリカのお巡りだって、ここまではやらねえぞ。頼むから、もっと離れてくれーっ」

「何か言ったか？　最近、昔のハードロックを大音響で聴いてるせいか、なんか耳が遠くなったようなんだ」

「なめやがって。おれにどうしろって言うんだよ?」

「素直にならないと、頭が吹っ飛ぶぜ。伴内に頼まれて、あんたは殺し屋《プロ》を見つけてやったんじゃないのか? そいつは、フリーライターの露木恭輔を葬《ほうむ》ろうとした。しかし、露木の死体が発見されてないから、おそらく撃ち損《そこ》なったんだろう」

「おれは殺し屋なんか紹介してねえ。ほんとだ。嘘じゃねえよ」

石橋は左胸に手を当て、喘《あえ》ぎはじめた。

「急にどうした?」

「おれは狭心症《きょうしんしょう》なんだ。強いストレスを感じたり、興奮すると、必ず発作に見舞われるんだよ」

「それじゃ、坐ってもいい」

荒巻は半歩退《さ》がった。

石橋がゆっくりと腰を落とした。次の瞬間、彼は頭から突っ込んできた。

荒巻は不意を衝《つ》かれ、体のバランスを崩してしまった。弾《はず》みで、コルト・ガバメントの銃口から大口径弾が飛び出した。

銃弾は、石橋の心臓部にめり込んだ。石橋は止《とど》めを刺された闘牛のように前のめりに倒れ、ゆっくりと横転した。それきり、動かなくなった。

──失敗《ドジ》を踏んでしまったな。

荒巻は拡散《かくさん》する硝煙《しょうえん》を手で振り払って、吐息《といき》をついた。

4

相棒の声は沈んでいた。

暴発によって、証人の石橋を死なせてしまったことに責任を感じているにちがいない。

「荒巻《アラ》が悪いわけじゃないさ」

鷲津は携帯電話を左手に持ち替え、ことさら明るく言った。覆面パトカーの中だ。

野沢と伴内は、まだ料亭の中にいる。もう午後十時過ぎだった。二人は車を運転しなければならない。座敷で酔いを醒《さ》ましているのだろうか。

「いや、おれがコルト・ガバメントで石橋を威嚇《いかく》しなければ……」

「それを悔《く》やんでも仕方がない。石橋は運が悪かったのさ。ただ、それだけだよ。そんなことより、別働隊に死体の処理を頼んだのか？」

「ああ、もう連絡済みだ」

「だったら、荒巻《アラ》はもう塒《ねぐら》に帰って早目に寝ろよ」

「そうはいかない。野沢たち二人のいる料亭のある場所を詳しく教えてくれ」

「こっちは、おれひとりで大丈夫だって」

「鷲津《ワシ》、おれたちはコンビなんだぞ。相棒ひとりに危険な思いはさせられないよ。いいから、場所を教えろ！」

荒巻が叫ぶように言った。鷲津は押し切られて、料亭までの道順を教えた。

「これから、そっちに向かう。おれが到着する前にマークした二人が動きだしたら、必ず連絡してくれよな」

「ああ、わかった」

「合流してから、細かい作戦を練ろう」

荒巻が電話を切った。

鷲津は携帯電話を折り畳むと、静かに四輪駆動車を降りた。料亭に近づき、車寄せの横に目をやる。

レクサスとロールスロイスは駐《と》められたままだった。

鷲津は料亭の生垣《いけがき》の隙間《すきま》から、玄関先をうかがった。七、八分が経過したころ、五十絡《がら》みの男が姿を見せた。伴内だろう。

すぐに玄関から野沢が現われた。

「専務、もうアルコールは抜けました？　心許《こころもと》ないようだったら、運転代行業者を呼んだほうがいいですよ」

「もう酒は抜けてる。それよりも伴内さんこそ、御殿場《ごてんば》の別荘まで車を運転できるのかな？　今夜は、ひとまず白金のお宅に戻ったほうがいいんじゃないの？」

「わたしは飲む量を控えましたんで、もうアルコールはすっかり抜けてますよ」

「そう。でも、安全運転でね」

「専務も……」

伴内が野沢に言い、ロールスロイスのドア・ロックを解《と》いた。

野沢も自分のレクサスに近づいた。

そのとき、料亭に近接する林の中で銃声が轟《とどろ》いた。頭部に被弾した野沢の体が数メートル吹っ飛んだ。倒れた野沢は微動《びどう》だにしない。

また、銃声がした。

伴内が身を屈《かが》めた。弾道は大きく逸《そ》れていた。

「専務、しっかりしてください」

伴内が野沢に這《は》い寄った。恐怖で、まともには歩けないのだろう。

二人のバックに黒幕がいたのだろう。

鷲津はサイレンサー・ピストルを握ると、林に向かって突っ走りはじめた。

雑木林は真っ暗だった。しかし、じきに目は暗さに馴《な》れた。

鷲津は林の中に躍《おど》り込んだ。中腰で奥に向かう。

料亭の敷地の近くで、人影が動いた。鷲津は目を凝《こ》らした。黒いフェイスキャップを被った男が片膝をついて、トロンボーンケースに狙撃銃を収めかけていた。

——あいつが野沢を狙撃したんだな。なぜ、伴内を仕留《しと》めなかったのか。弾道は大きく的《まと》から逸れてたな。ということは……。

鷲津は樫《かし》の大木に身を寄せて、マカロフPbを構えた。

両手保持だった。そのまま横に跳《と》び、立射《りっしゃ》の姿勢で引き金を絞る。放った銃弾は、標的の少し手前の樹木の幹《みき》に埋まった。樹皮の欠片《かけら》が舞った。

黒いフェイスキャップで顔を隠した男が狙撃銃を放置し、樹間を縫《ぬ》いはじめた。逃げる気らしい。

鷲津は追った。
五、六十メートル走ると、闇《やみ》の奥で銃口炎《マズル・フラッシュ》が瞬《また》いた。銃声は重かった。男は大型拳銃を持っているようだ。
無駄弾は使わないようにしたい。

鷲津は姿勢を低くして、男を少しずつ追いつめていった。

敵は撃ちまくった。枝が弾《はじ》き飛ばされ、樹々《きぎ》の葉が千切《ちぎ》れる。

やがて、銃声が熄《や》んだ。

弾《たま》切れだろう。予備のクリップを使われる前に勝負をつけなければならない。鷲津は一発だけ威嚇射撃して、大胆に距離を縮めた。

男が急に横に走りはじめた。

その理由は、じきにわかった。林の向こうは崖《がけ》になっている。敵は逃げ場を失って、焦《あせ》っているはずだ。

鷲津はフェイスキャップの男の動きを追った。

それから間もなく、敵の姿が急に搔《か》き消えた。繁みの奥に身を潜《ひそ》めたのだろう。

鷲津は足音を殺しながら、敵が消えた方向に進んだ。

歩きながら、暗がりを透《す》かして見る。人影は目に留《と》まらない。地べたに伏せて、息を詰めているのか。

鷲津は屈《かが》んで、あたりを見回した。

そのとき、頭上の太い枝から黒っぽい塊《かたまり》が舞い降りてきた。逃げた男だった。不意を衝《つ》かれた鷲津は、組み伏せられてしまった。

倒れたとき、マカロフPbがかすかな発射音をたてた。暴発だ。

覆《おお》い被《かぶ》さった男は馬乗りになると、右腕を大きく振り上げた。コマンドナイフを握っている。刃渡りは十四、五センチだった。

鷲津は、男の右腕を撃った。

二《に》の腕のあたりだった。ナイフがほぼ垂直に落ち、地べたに突き刺さる。

鷲津は、呻《うめ》く敵を払いのけた。すぐさま起き上がり、相手の顎《あご》を蹴り上げる。男が仰向《あおむ》けに倒れてから、手脚《てあし》を丸めた。

「フェイスキャップを取れ」

鷲津は少し退《しりぞ》いて、左手でレザージャケットのポケットを探《さぐ》った。ライターを摑み出し、点火する。

フェイスキャップの男は唸《うな》るだけで、命令には従わなかった。鷲津は、相手の股《また》の間に銃弾をめり込ませた。泥と枯れ草が飛散《ひさん》する。

男がのろのろと黒いフェイスキャップを外した。日本人ではなかった。ヒスパニック系の顔立ちだ。

「南米出身だな？」

「…………」

「もっと撃たれたいらしいな」

「わたし、ペルー人ね」

男がたどたどしい日本語で言った。

「名前は？」

「ホセね。わたし、ペルーの軍隊で懸命に働いてた。でも、いつも貧乏だったね。それで、日本に働きに来た。三年前は群馬の電子部品工場で働いてたね。でも、ペルー人、安く扱き使われてた。わたし、それ、面白くなかったよ。だから、知り合いのペルー人のいる東京に移ったね」

「それで、殺し屋になったわけか？」

「わたし、真面目な仕事したかったよ。けど、それ、難しかった」

「偽造パスポートで入国したんだな？」

「そう、そうだったね。だから、働けるとこ、なかった。人間、お金がないと、生きられないよ。人を殺すこと、愉《たの》しくない。けど、わたし、どうしてもお金欲しかった」

「上体を起こせ」

鷲津は命じた。

ホセが呻きながら、半身を起こした。右腕からは鮮血が流れていたが、銃弾は貫通したようだ。

「本栖湖畔で、元やくざの中村を射殺したのはそっちだな？」

「そう。わたし、野沢さんに頼まれたね。モーターボートの中で中村という男に殺された羽太とかいう奴とフリーライターの露木って男、野沢さんの秘密を知ってた。それ、都合《つごう》の悪いことね。だから、野沢さんは中村に羽太を始末させた。それで、わたしに中村と露木をシュートしろと言ったね。でも、露木は撃ち損なってしまった」

「露木には逃げられたんだな？」

「そう。あの男、どこか安全な場所に隠れてると思う。わたし、野沢さんに言われたとこ、懸命に捜したね。だけど、露木という男、どこにもいなかったよ」

「野沢を狙撃しろって命じたのは、伴内だな？」

「あなた、どうしてわかった⁉」

「伴内も自分が狙われたと見せかけたかったんだろうが、そっちが撃った弾《たま》は的《まと》から逸れすぎてた。それで、偽装工作を見破ったのさ」

「わたし、伴内さんに頭すれすれのとこを撃つと言った。でも、あの人はわたしの手許が狂ったら、死んじゃうと言って、的《まと》を大きく外せと言ったね。それで、わたし、言われた通りにした」

「そっちは元依頼人の野沢を平気で撃ち殺した。それは、金が欲しかったからなのか?」

鷲津は問いかけた。

「そう、そうね。お金はいくらあっても、邪魔にならない。伴内さん、野沢さんを殺したら、一千万くれると言った。あの二人、とっても仲がよかった。でも、伴内さん、野沢さんが生きてると、何かと都合悪いと言ってたよ」

「伴内の御殿場の別荘、知ってるのか?」

「知ってるよ。わたし、中村を殺してから、その別荘に隠れてたね」

「それじゃ、案内してもらおうか」

「わたし、それ、したくないよ」

ホセが難色を示す。鷲津は取り合わなかった。

サイレンサー・ピストルをホルスターに収め、ホセに後ろ手錠を打った。引き起こし、林の外に連れ出す。

料亭の敷地から伴内の車は消えていた。下足番の男が野沢の死体のそばに立ち、数人の従業員に何か説明している。

鷲津はホセを覆面パトカーの助手席に坐らせると、相棒の携帯電話を鳴らした。スリーコールで、通話可能になった。経過を伝える。

「伴内の知人を装って、かみさんから御殿場の別荘の所在地を探《さぐ》り出すよ。それで、おれはそっちに直行する」

「おれは、ホセを弾除《たまよ》けにするつもりなんだ。だから、荒巻《アラ》は無理することないって」

「鷲津《ワシ》、おまえはおれのことを相棒と認めてないのか？」

「認めてるさ」

「だったら、もう何も言うな」

荒巻が怒鳴って、通話を切り上げた。

鷲津は微苦笑し、ジープ・チェロキーを走らせはじめた。国道二四六号線に出て、東名高速道路の大井松田《おおいまつだ》ＩＣをめざした。

深夜とあって、道路は空いている。ハイウェイに入り、ひたすら西へ走った。

御殿場ＩＣを降り、ふたたび二四六号線をたどる。ホセは観念したようで、素直に道順を教えた。

御殿場線の南御殿場駅の手前を左折し、別荘地に入る。敷地の広い別荘が並んでいるが、ほとんど電灯は点いていない。

「この道をまっすぐ行くと、伴内さんのセカンドハウスがあるね。右側よ。リゾートホテルみたいに立派な建物……」

ホセが言って、フロントガラスに顔を近づけた。

「どうした？」

「少し先に、伴内さんのボディーガードが立ってる」

「えっ」

鷲津はヘッドライトをハイビームに切り替えた。光輪の先に、黒人の大男が立っていた。短機関銃《サブマシンガン》を手にしている。

「あの男はナイジェリア人マフィアのボスね。ジョージと名乗ってる。あいつ、伴内さんに頼まれて、わたしを始末する気なのかもしれない。そうなら、あなたも一緒に殺されるよ」

「そうはさせない」

「とにかく、車を降りたほうがいいね」

ホセが怯《おび》えた顔つきで言った。

鷲津はヘッドライトを消し、車を路肩《ろかた》に寄せた。先に四輪駆動車を降り、助手席のホセを引きずり出す。

近くの別荘の内庭に走り入ると、ジョージが地を蹴った。身ごなしは軽やかだ。

「手錠、早く外して」

「それは後《あと》だ」

鷲津はホセの片腕を掴んで、建物の裏に回り込んだ。ホセの手錠を手早く外す。すると、ホセが大声を張り上げた。

「ジョージ、わたしは撃たないでくれ。野沢さんをシュートしたこと、誰にも喋らないよ」

「ばかやろう！」

鷲津はホセを蹴《け》りつけた。ホセがよろける。

ジョージが短機関銃を唸《うな》らせた。被弾したホセが倒れた。身じろぎ一つしない。

足音が迫《せま》ってきた。

鷲津は境界線の柵《さく》を乗り越え、隣家の庭に移った。庭木が多かった。暗がりの中に身を潜《ひそ》め、息を殺す。

ナイジェリア人が家屋を回り込んできた。

黒い肌は闇に溶け込んで、姿かたちが判然としない。ジョージが立ち止まり、何か庭に転がした。

手榴弾《しゆりゆうだん》だった。炸裂音《さくれつおん》が夜気《やき》を震わせ、赤みを帯びたオレンジ色の閃光《せんこう》が駆ける。

アフリカ人が白い歯を見せ、短機関銃を構え直した。鷲津のいる場所がわかったのだろう。全自動《フルオート》で連射してきた。

ヘッケラー&コッホのMP5A3だった。ドイツ製で、世界各国の特殊部隊で採用されている高性能のサブマシンガンだ。

鷲津は横に走って、ジョージの腹に狙いを定めた。

引き金を一気に絞る。

ジョージが後方にのけ反《ぞ》ってから、前のめりに倒れた。短機関銃は斜め後ろに落ちていた。三メートル近く離れている。

鷲津は柵を跨《また》ぎ、黒人の大男に走り寄った。

ジョージは両手で腹を押さえ、動物じみた唸り声を発していた。

「伴内に命じられて、ホセを殺《や》ったんだな?」

鷲津は日本語で訊いた。ジョージが呻きながら、癖のある日本語で返事をした。

「それ、正しいね。おまえ、もしかしたら、刑事《コップ》か?」

「そうだ」

「伴内さん、警察に捕まること、とっても恐れてた。それで、ホセが誰かに自由を奪われたら、その相手は刑事《コップ》だと言ってたよ。伴内さんの勘、間違ってなかったみたいね」

「伴内は別荘にいるんだな?」

「それ、答えにくいよ」

「その答えで充分だ。別荘に、おまえの仲間はいるのか？」

「セカンドハウスには、伴内さんしかいない」

「セキュリティー・システムは、どうなってる？」

「門のとこに防犯カメラがあるだけね。建物の周《まわ》りには、センサーは設置されてない」

「腸《はらわた》が飛び出しかけてるようだな。痛いんだろ？」

「すごく痛いよ。救急車、呼んでほしいね」

「アフリカの大地が懐かしいだろ？」

「え？　意味、わからないよ」

「おまえの魂《たましい》だけナイジェリアに戻らせてやろう」

鷲津はジョージの眉間《みけん》を撃ち抜いた。

ジョージは声も上げずに息絶えた。

鷲津は無人の別荘から離れ、伴内のセカンドハウスの手前まで歩いた。ホセの言葉通りだった。家屋は平屋だが、とてつもなく大きかった。

鷲津は隣家の敷地から、伴内の別荘の庭に忍び込んだ。

建物に近づくと、暗がりから人影がぬっと現われた。伴内だった。レミントンの水平二連銃を構えている。

「おまえは刑事だな。両手を頭の上で重ねろ！」

「悪党だな、あんたは。あんたと野沢が共謀して、交換殺人を思いついたことはわかってるんだ」

「そうか。お互いの邪魔者を第三者に始末させたのさ。そうすれば、われわれに捜査の手が伸びてくることはないと考えたんだ。事務局長の伊東までチンピラに始末させたくはなかったんだがね。すべて事がうまく運ぶと思ってた。しかし……」

「甘かったな。あんたたちの陰謀にフリーライターの露木恭輔が気づいた。露木は、人気コメンテーターの椎名譲の妻の加奈と不倫関係にあった。加奈は、あんたと野沢の悪事をほうぼうで喋った。その噂は、そのうち警察の耳に入ってしまうかもしれない。あんたたちはそれを恐れて、誰かに椎名一家を惨殺させた。そうだな？」

「いい勘してるな。その通りだ。椎名家の三人を殺したのは、日系ブラジル人の殺し屋さ。もうサンパウロに帰った」

「そいつの名は？」

「カルロス・ヤマウチだよ。元警官の殺し屋さ。ブラジルと日本の間には、犯罪者を引き渡すという協定はない。したがって、カルロス・ヤマウチを日本で裁《さば》くことはできないわけだ。わたしも殺人教唆《きょうさ》の罪に問われることはないだろう」

「その考えも甘いな。おれは超法規捜査官だから、勝手に極悪人を裁けるのさ」

鷲津は言い返した。

「そうだったとしても、死んでしまったら、何もできやしない。両手を頭に載せて、後ろ向きになるんだ」

「おれは悪党に背中を見せない主義なんだ。撃ちたきゃ、撃ちやがれ！」

「虚勢を張ってないで、言われた通りにするんだっ」

伴内が声を張った。

いま神経を逆撫《さかな》でするのは得策《とくさく》ではないだろう。

鷲津はそう判断し、体の向きを変えた。

その直後、伴内が呻いた。鷲津は振り返った。

伴内の左胸から、矢が突き出していた。レミントンの水平二連銃を手にしたまま、『秀英増進会』の経営者は頽《くずお》れた。まるで水を吸った泥人形のような崩れ方だった。

人影がゆっくりと近づいてくる。

鷲津はサイレンサー・ピストルの銃把《グリップ》に手を掛け、暗がりを凝視《ぎょうし》した。接近してきたのは、洋弓銃《クロスボウ》を手にした露木だった。

「おたくは、殺された椎名加奈の復讐《ふくしゅう》をしたんだな?」

　鷲津は先に口を切った。

「ええ、そうです。わたしは不用意にも、加奈に野沢と伴内の悪事を話してしまったんですよ。それを加奈があちこちに吹聴し、伴内の耳に届いてしまったんです。それで、伴内が保身のため、日系ブラジル人の殺し屋に椎名一家を殺害させたんですよ」

「そのことをいつ知ったんだ?」

「伴内が日系ブラジル人と接触したんで、殺し屋を尾行したんですよ。そして、カルロス・ヤマウチが凶行に及んだのを目撃したわけです」

「実は、椎名の女房に惚《ほ》れてたんだね?」

「ええ。だから、加奈とその家族を虫けらのように始末させた伴内が赦《ゆる》せなかったんです。それに、わたしの代わりに野沢と伴内に揺さぶりをかけてくれた羽太真紀雄も犠牲になってしまいました。わたしは、自分と関わりのある事件被害者の恨みをどうしても晴らしたかったんだ。もちろん、逃げるつもりはありません。悪党とはいえ、人間を殺したわけだからね。当然、それなりの償《つぐな》いはしますよ」

　露木が洋弓銃を投げ捨て、両手を前に差し出した。

「おたくが伴内を殺したとこを目撃したわけじゃない。いや、おれは何も見てなかった」

「刑事さん……」

「矢の指紋はきれいに拭《ぬぐ》ってやるから、洋弓銃を拾って早く消えてくれ。さもないと、撃つぜ」

鷲津はマカロフＰｂを引き抜いた。

「しかし……」

「伴内みたいな屑野郎《くずやろう》は、この世にいないほうがいいんだ。おたくは、ある意味で善行をしたことになる。これからも、ペンで社会の不正を告発してほしいな」

「刑事さんの温情に甘えるわけにはいかない」

「カッコつけてないで、早く逃げろ！」

「いいんですか？」

「急ぐんだ」

「恩に着ます」

露木が深々と頭を垂れ、洋弓銃を拾い上げた。それから彼は、闇の中に吸い込まれた。

——こういうことは偽善めいてて、なんか抵抗があるんだが……。

鷲津はサイレンサー・ピストルをホルスターに戻し、死んだ伴内のかたわらに屈《かが》み込んだ。ハンカチを取り出し、洋弓銃の矢を入念に拭いはじめる。足で遺体を引っくり返し、矢羽《やばね》に近い部分も拭《ふ》いた。

　立ち上がったとき、門扉《もんぴ》の向こうで荒巻の声がした。

「鷲津《ワシ》、見てたぞ」

「早かったじゃないか」

「サイレンを鳴らしっ放しで、東名を突っ走ってきたんだよ。立場が逆だったら、おれも同じことをしたと思う」

「だろうな。これで、ようやく片がついたな。問題は本事案《ほんじあん》の実行犯の日系ブラジル人をどう裁くかだな」

「来週、サンパウロに旅発《たびだ》つか」

「そうしよう。それまで京都で、美人報道記者といちゃついて来いよ」

「考えておこう。鷲津、門扉のロックを外してくれ。悪党の死に顔を近くで眺めたいんだ」

「わかった。たっぷり拝《おが》めばいいさ」

鷲津はアプローチに向かった。

著者注・この作品はフィクションであり、登場する人物および団体名は、実在するものといっさい関係ありません。

注・本作品は、平成十九年三月、徳間書店より刊行された、
『特捜指令荒鷲　動機不明』を改題し、著者が大幅に加筆・修正したものです。

一〇〇字書評

切り取り線

購買動機（新聞、雑誌名を記入するか、あるいは○をつけてください）	
□（　　　　　　　　　　　　）の広告を見て	
□（　　　　　　　　　　　　）の書評を見て	
□ 知人のすすめで	□ タイトルに惹かれて
□ カバーが良かったから	□ 内容が面白そうだから
□ 好きな作家だから	□ 好きな分野の本だから

・最近、最も感銘を受けた作品名をお書き下さい

・あなたのお好きな作家名をお書き下さい

・その他、ご要望がありましたらお書き下さい

住所	〒				
氏名		職業		年齢	
Eメール	※携帯には配信できません		新刊情報等のメール配信を 希望する・しない		

この本の感想を、編集部までお寄せいただけたらありがたく存じます。今後の企画の参考にさせていただきます。Eメールでも結構です。

いただいた「一〇〇字書評」は、新聞・雑誌等に紹介させていただくことがあります。その場合はお礼として特製図書カードを差し上げます。

前ページの原稿用紙に書評をお書きの上、切り取り、左記までお送り下さい。宛先の住所は不要です。

なお、ご記入いただいたお名前、ご住所等は、書評紹介の事前了解、謝礼のお届けのためだけに利用し、そのほかの目的のために利用することはありません。

〒一〇一-八七〇一
祥伝社文庫編集長 坂口芳和
電話 〇三（三二六五）二〇八〇

祥伝社ホームページの「ブックレビュー」からも、書き込めます。

http://www.shodensha.co.jp/bookreview/

祥伝社文庫

特捜指令《とくそうしれい》　動機不明《どうきふめい》

平成26年7月30日　初版第1刷発行

著　者　南《みなみ》　英男《ひでお》

発行者　竹内和芳

発行所　祥伝社《しょうでんしゃ》
東京都千代田区神田神保町3-3
〒101-8701
電話　03（3265）2081（販売部）
電話　03（3265）2080（編集部）
電話　03（3265）3622（業務部）
http://www.shodensha.co.jp/
印刷所　図書印刷
製本所　図書印刷
カバーフォーマットデザイン　芥　陽子

 ISBN978-4-396-34050-6 C0193